JN154795

# 私を美しく変える クローゼットのつくり方

ジェニファー・バウムガートナー
藤井留美＝訳

草思社

YOU ARE WHAT YOU WEAR
WHAT YOUR CLOTHES REVEAL ABOUT YOU

by Jennifer Baumgartner

Copyright ©2012 by Jennifer Baumgartner

Japanese translation rights arranged with Jennifer Baumgartner
c/o Fletcher & Company, New York
through Tuttle-Mori Agency, Inc., Tokyo

Illustration
Maiko Sugiyama

Book Design
ALBIREO

# はじめに
## 着る服はあなたを表わす——服装の心理学

ダイエットに成功したのに、あいかわらずだぼっとしたスウェットの上下を着る子。五〇歳になっても、娘のクローゼットから拝借したのかと思うような、超ミニとレギンスをはくおばさん。あまりのイタさに、「いったい何考えてんの?」と問いつめたくなるけれど、それをファッションセンスがないとか、おしゃれに無頓着だからで片づけてはいけない。着る服の選択には、その人の思考や感情がそのまま映しだされる。だから内面に葛藤を抱えていると、ちぐはぐな服装になったりするのだ。

服は自分の延長だ。自分が何者で、いまここで何をしているのかを服装で周囲に発信している。服を買うときや、今日の服を決めるときも、自分をいちばん良く見せるために、年齢やサイズ、ライフスタイルをそのまま出すか、それに〝抵抗する〟かを無意識のうちに考えている。

体型が大きく変化したのに、それまでと同じサイズの服を買いつづける人は、いまのほんとうのサイズに抵抗している。四〇歳になってもティーンズショップで服を買う人、一六歳なのに中高年向けの店でゆったりチュニックを買う人は、どちらも年齢に抵抗している。オフィスにスウェットパーカーを着ていくのも、職場が工場なのに飾りがごてごてついた服を選ぶのも、ライフスタイルへの抵抗だ。こうした防衛機制は長年のうちにつちかわれたもので、服を買う行動もそれを後押ししているはず。ほんとうは自分の服選びが合理的でないのに、あえて見ないふりをしてきたかもしれない。

服装は思った以上にその人の内面を表わしている。クローゼットにある服やアクセサリーのひとつひとつが、意識にのぼらないまま、深層心理で選んだ結果ということ。ゆったりした服ばかりの人は、太っている自分の身体を隠し、恥ずかしかった経験を奥にしまいこみ、批判を受けまいとしているのだろう。体重を減らしたくない、ジャンクフードをやめたくない、身体を動かすのはいやだというのが本音なのに、それを認めたくないのかもしれない。育児や仕事に追われて、おしゃれな服なんか着るヒマがないと言う人は、夫との冷えきった関係から目をそむけたくて、わざと忙しくしているのかも。

五〇代女性のクローゼットが若者向けの服で埋まっているのは、ふと目に入った自分のシワや白髪に耐えられなかったから？　それとも、目標を達成できていない現状に不満で、過去にしがみついている？

問題がもっと深刻な場合もある。ためこんだ服が不安障害の表われだったり、服を買わずにいられない依存症になったり、うつ病でちぐはぐな服装しかできなかったり……。クローゼットは、その人の内面に通じる窓のようなもの。そこからどんな服を選び、どんな風に着るかで、人は何かを伝え、隠そうとする。でも、その「何か」を突きとめ、理由を探ろうとする人はほとんどいない。

メイクのここを変えるとか、このトップスにはタイトスカートが効果的といったアドバイスで、見た目の印象を変えてくれるスタイリストは世にごまんといる。でも私はスタイリストではなく心理学者。分析するのはクローゼットの中身だ。過去の服選びのパターンに着目して、その人の未来の可能性を鏡に映しだす。クローゼットから人間の本質をあぶりだすのだ。

あなたのクローゼットを開いて中身を眺め、内面に抱える〝病気〟を診断してもらえるとしたら？　病気なのだから、症状を解消して、根本原因を探り、治療をしなくてはならない。自分の体型が嫌いで、MCハマーみたいなだぶだぶのパンツしかはかない人は、一〇代のときにいじめられた体験が尾を引いているのかもしれない。過去を克服して、ストレートジーンズをはいた自分を好きになるにはどうすれば？　病気を治すときと同じで、自分を客観的に見る目を持つことが重要だが、それを後押しするのがこの本だ。着る服はあなた自身を表わす。その服を選ぶほんとうの理由がわかれば、ワードローブが充実するだけでなく、あなたの人生も変わるはず。

## 始まりはここから

心理学で言う「インサイドアウト思考」と服装の関係に気づいたきっかけは、子どものころに入りこんだ祖母のクローゼットだった。たくさんの服や靴、アクセサリー、バッグを眺めていると、まるで祖母の日記や写真アルバムをめくっているようだった。祖母がどんな人間で、いつ、どこで、誰と何をしていたのか……彼女の歴史をひもとくさまざまな疑問の答えが、ここに詰まっていた。

なかでも強く印象に残っているのが、ボタンのコレクションだった。きらきら光る凝った細工のボタンは、ひとつひとつが祖母の物語へとつながっていた。

琥珀色をしたラインストーンのボタンをつまみ、「おばあちゃん、これは?」とたずねる。祖母は手のひらでボタンを転がして、光を反射させた。

「私のお母さん、つまりあなたのひいおばあちゃんはお針子だったの。これはお金持ちのお客様の服を仕立てたときに使ったボタンよ。大恐慌の時代、こんな高級品はとても貴重だった」

「これは?」私は水牛の角でできた大きな茶色のボタンを指さした。それは、祖母が生まれて初めて着たスーツについていたものだった。メイシーズ百貨店がニューヨークで開業した日、祖母は従業員の採用面接に出かけた。「応募者の行列が外の曲がり角まで延びていたわ。でも毛皮の飾りがついたツイードのスーツと茶色のパンプスで行ったら、その場で採用になったのよ」

黒いオニキスのボタンを私から受けとった祖母は、遠い昔を回想した。「これはね、一六歳の誕生パーティーで着ていたドレスのボタンよ。おじいさんとはそこで出会ったの。その姿を見てすぐ親友に言ったわ。あの人と結婚するのって」

ベッドにずらりと並ぶ金属やガラスのボタンから、いくつもの物語が花開いていく。私はそのとりこになって、祖母宅を訪ねるたびにクローゼットに直行した。

そのとき以来、相手の人間像をとらえるうえでワードローブは欠かせないものになった。服だけで人を決めつけたり、安易に分類するということではない。何をどんな風に着るのか。何を着ないのか。どんな服を買うのか。そして手持ちの服をどんな方法でしまっているのか。それらを手がかりにしていけば、その人全体を理解することができる。外面と内面がきっちり連動する人間心理のメカニズムに私は魅せられ、このテーマで臨床心理学の博士論文を執筆するかたわら、生活費稼ぎのためにラルフ・ローレンの販売員もするようになった。

クリスマスシーズンの週末、四〇代ぐらいの美しい女性が来店したときのことはいまでもはっきり覚えている。彼女が探していたのはパーティーに着ていくドレスだが、何を試着しても気にいらない。実際はどれもよく似合っているのに。不満のほんとうの原因は服ではなさそうだ。そう思っていくつか質問をしてみたところ、彼女は自分のアイデンティティに迷いを抱えていることがわかった。答えを探す彼女は涙を流しながら、疑念といらだちを口にする。自分が若いのか老けているのか、母親なのか妻なのか、時代に置きざりにされているのか、女ざかりを過ぎてしまったのか、彼女は何ひとつわからない。だから納得できる服を見つけられないのだ。彼女は一着選んで購入したものの、すぐに返品してきた。

## 心理学がクローゼットに入ると

この女性には、どんな有能な店員もお手あげだろう。服の着こなしには自己イメージが投影されるものなのに、彼女は意識の深いところでアイデンティティが混乱していた。結局私は彼女を助けることはできなかった。それでも、その人の服装のパターンを理解すれば、たんにワードローブをいじるだけでなく、もっと強い働きかけができると思うようになった。そして研究を重ねた結果、心理学という眼鏡で服装をとらえなおす「服装の心理学」を確立した。研究者仲間から子育て中の専業主婦、ティーンエイジャーから七五歳のおばあちゃんまで、誰もが服装には興味があるし、悩みも抱えている。私が持っている服は、私自身について何を語っているの？　自分の身体の魅力を引きだす服装はどうやって見つけたらいい？　服にかけるお金は節約できる？　大きな転機のあとは、どんな風に服を選べばいいだろう？　服の決めかたと、内面の問題をどうやって結びつける？

やがて家族や友人から、心理学にもとづいて「内面から始める《インサイドアウト》」ワードローブ改造の要望が寄せられるようになった。最初に手がけたのは妹ジーナのクローゼットだ。仕事も人間関係も停滞ぎみだったジーナが着る服は、中学生のときからずっと同じだった。新しく加わるのは私のおさがりばかり。せっかく買った服も、タグがついたまま放置されていた。「ジーナ、あなたのワードローブは過去の遺物よ。いったい何を待ってるの？」私は問いかけた。

ジーナはいまの仕事に嫌気がさしていたし、つきあう男がそろいもそろってダメ男なことにうんざりしていた。何か大きなことが起きて、人生ががらりと変わる日を夢見ているかぎり、ワードローブはそのままだ。

「姉さん、セラピーとかじゃなくて、クローゼットをすっきり片づけてほしいだけよ」ジーナは反論した。

だけど、ジーナが過去、現在、未来にどんな服を、誰のために着ていたかはっきりさせないことには、クローゼットに手をつけることはできない。本人が望む人生と、それにぴったりのワードローブをつくりあげるには、これまでの生きかたを探ることが必要なのだ。いまある服を分析して、過去のトラウマ、いまの苦悩、未来の目標を明らかにし、どんな人間に成長していきたいかがわかって初めて、本人が前に進めるようなワードローブを選びだすことができる。つまり内面《インサイド》を〝模様がえ〟することが、外面《アウトサイド》の改造にはぜったいに不可欠。どちらかだけでは成りたたないのだ。

内面の見直しが終われば、次に外面に着目する。服の色、形、フィット感、機能、組みあわせのパターンだけでなく、服の買いかた、お金の使いかた、手入れやしまいかたも見なくてはいけない。状況に応じた服装ができているか、ライフスタイルに合った格好をしているかということも重要だ。

内面《インサイド》から改革して、外面《アウトサイド》まで変えていくインサイドアウト法を試したい――私のもとには、そう考える女性たちから続々と依頼が来るようになった。

とはいえ依頼者の多くは、「見た目」を新しくしたいと思っているだけで、それで人生ががらりと変わるとは夢にも思っていない。でも彼女たちのクローゼットにうずたかく積まれた洋服は、痛みをともなう感情そのもの。それをよりわけて整理し、新しい服を買いに行き、自分の姿を鏡に映す――この作業を自分以外の誰かとやりとげるだけでも、セラピーのような効果がある。でもそこに認知行動療法、アサーティブ・トレーニング、エクスポージャー法といった心理学の裏づけがあれば、セラピーのようなではなく、ちゃんとしたセラピーになる。心理学者である私が取りくむ以上は、よくあるクローゼット改造とか、自尊心を高めるという表面的な議論で終わらせるわけにいかない。最初はなかなか理解してもらえないが、これまでの依頼者はひとり残らず自分の殻を打ちやぶって、内面に隠れていた「良いもの」に到達することができた。どんな優秀なスタイリストもここまではできない。

この本では、ワードローブのよくあるお悩み別に、これまで出会った依頼者のストーリーをくわしく紹介している。どんな人でも、お悩みのうち四つか五つは当てはまるはず。一〇代の娘と同じファッションに固執するフランシス、仕事とプライベートを線引きできないメーガン……彼女たちはクローゼットの中身をひっぱりだして、直視したくない問題に立ちむかい、答えを見つけることができた。

それぞれのストーリーの最後には、読者が自分の服装と人生をもっと良いものにするために、いますぐ実行できるアドバイスも盛りこんでいる。ステップ方式でいまのワードローブを分析すれば、健康的でバランスのとれたクローゼットが完成するはずだ。

自分が着る服には、ものの感じかた、胸に抱えた不満や欲求が投影されている。それを足がかりに心の動きにまで踏みこめば、自分の本質を変えることだってできる。自己を見つめなおす作業は苦しいけれど、カウンセラーと一対一で突きつめていくよりは、ワードローブを改造するのだと思えば気軽に始められる。そうやって長年抱えていた問題にようやく向きあい、終止符を打つことができた人を私はたくさん見てきた。

自分を発見することが、自分を大切にする第一歩だ。あなたが自分自身や、自分の人生をどう考えているか。それはあなたが着る服に正確に表現されている。クローゼットの扉を開ければ、そこには手がかりがいくつも転がっているはずだ。自分を発見しようと決心すれば、人生はかならず良くなる。

心地よくて、幸せな気分になれて、自分が肯定できるような服を着る。それだけで人生の質は変わる。ワードローブにほんの少し手を加えれば、ドミノ倒しのように冒険や発見が転がりこんできて、すてきな思い出がいくつも生まれてくるだろう。クローゼット改造という、一見すると大したことではない試みで、自己イメージが変わり、自己意識が高くなり、自尊心がはぐくまれ、生きる目標が出てきて、悔いのない充実した人生へと歩きだすことができるのだ。

クローゼットの扉を大きく開いて、自分が誰なのかを発見しよう。いまの自分に響いてこない服とはお別れして、とびきりの服に身を包んだら、さあ出かけよう！

# いまあるのはどんな服？
## ――クローゼット総点検

あなたがこの本を手に取ったのには、理由があるはず。着るものがなくて、どうにかしたいと切実に思っている。イメージチェンジをしたいけど、前に踏みだすことができない……誰もが経験するそんな手づまり状態は、「ワードローブ病」にかかっている証拠。ワードローブ病と一口に言っても種類はいろいろだ。診断を確定して治療方針を決めるには、まずデータを集めて分析し、所見をまとめなくてはならない。

まず、服の選択や着こなしのパターンを掘りさげるために、以下の質問に答えてほしい。いますぐでもいいし、しばらく観察期間を設けたあと始めてもいい。ここで行なうのはあくまで分析だけ。すぐに何かを変えようとする必要もない。

**過去**

1. 子どものころは、誰が着る服を決めていた？
2. その人はどんな服装だった？
3. 服装について教わってきたことは？

4. 服の選びかたを覚えたのは、必要に迫られてしかたなく、それとも自分で創意工夫をしながら？　あるいはその両方だった？
5. 着る服を自分で決めるようになったのはいつから？
6. 着る服を決めるのは楽しかった？
7. 着る服を決めるのは気が重かった？
8. 服装には無頓着だった？
9. 服装が理由でいじめられたり、親に叱られたりしたことはある？
10. パンクファッションからミニマリスト、ぴったりからゆったり、中間色から原色といったぐあいに、服装の傾向が極端に変わったことはある？
11. 変わったきっかけは？
12. 変わらなかったことは？
13. 服装のお手本になっていた人は？
14. 昔の服を捨てずにずっと着ている？
15. 昔からずっと大好きな服装はある？　その理由は？

## 現在

1. 自分の服装のスタイルを一言で表わすなら？

2. 外出着に着がえるとどんな気分になる？
3. その理由は？
4. 服を買うときはどんな気分になる？
5. その理由は？
6. 服を買う頻度はどのくらい？
7. その理由は？
8. ファッションのお手本にしている人は？
9. 外出着になることが面倒だと感じる？
10. それはいつごろから始まった？
11. とくに面倒なのはどの部分？
12. 着るものが何もないと思っている？
13. いつも同じ服ばかり着ている？
14. 服装は毎日かならず変える？
15. 手持ちの服はどれも嫌いなものばかり？
16. 「これが私」というスタイルはある？
17. ファッションのお手本にしている写真はある？
18. 服の選びかたや着こなしを改善したいと思っている？

19. 好きな色は？
20. その色の服を持っている？
21. 服装の傾向はクラシック、それともトレンディ？
22. トラディショナル、それともモダン？
23. シンプル、それともデコラティブ？
24. ぴったり系、それともゆったり系？
25. 丈は短め、それとも長め？
26. 仲の良い友人と同じものを着る？
27. 服をそろえるとき、誰かの助けを借りたことがある？
28. クローゼットは昔の服、あるいは逆に新しい服ばかり？
29. クローゼットは整頓されている、それともごちゃごちゃ？
30. クローゼットは余裕がある、それともぎっしり詰まっている？
31. 持っている服をちゃんと着ている？
32. タグがついたままの服がたくさんある？
33. 自分という人間が服装に表われていると感じる？
34. 服装が身体を引きたててくれると思う？
35. 服装が年齢を上に見せている気がする？

36. 服装はいまの自分のライフスタイルとぴったり合っている？
37. 服装でよくやってしまう失敗は？
38. それを直そうとしたことはある？
39. 人生の転機で服装が変わったことはある？
40. 変わってよかった？
41. いまのワードローブに満足している？　その理由は？

**未来**

1. 一〇年、二〇年先にどんな服装をしたい？
2. 人生のステージごとに、服装のお手本にできる人はいる？
3. これから迎える人生の大きな転機は？
4. いまのワードローブで将来の転機も乗りきれそう？
5. 理想とするワードローブは？
6. これからどんな風にワードローブを変えていきたい？
7. その変更はいつまでに終わらせたい？
8. 完璧なワードローブをさまたげている障害は？
9. これから果たしたい人生の目標は？

10. 人生の目標を具体的なステップに切りわけたことはある？
11. 人生の目標はいつまでに果たしたい？
12. それを応援してくれるワードローブがほしい？

くわしい分析が終わったら、次は自分のワードローブ関連の行動を振りかえり、長所と弱点を明らかにして、そのままでいいところ、変えるべきところをふるいにかける。

この本は、ワードローブ病の種類ごとにひとつの章を割りあてて、診断と治療法を解説している。ほとんどの人がどれかの章に当てはまるはずだ。

第一章　買って、買って、買いまくる——必要以上に服を買ってしまう
第二章　さよならのとき——あふれるクローゼット
第三章　私はゾンビ——無難の殻を破りたい
第四章　私はタイムトラベラー——年齢と服装のギャップ
第五章　キャリアウーマンの幻想——仕事着以外の服がない！
第六章　ちがいのわかる女？——全身ブランドずくめ

このなかに、自分はこれだと思う章がかならずあるはず。それぞれの章に設けられた詳細な

チェックリストとケーススタディ、心理学的な解説を読んだら、解決策を実行してみよう。変わるのは服装だけでないことがわかるはずだ。

contents

## 第四章　私はタイムトラベラー　年齢と服装のギャップ

## 第五章　キャリアウーマンの幻想　仕事着以外の服がない！

## 第六章　ちがいのわかる女？　全身ブランドずくめ

第一章

# 買って、買って、買いまくる

必要以上に服を買ってしまう

テッサはお手あげ状態だった。「服をつい買いすぎちゃって」収拾がつかないのだという。クローゼットを整理したいから、力を貸してほしい――私は二つ返事で引きうけた。

テッサの家はコロニアル様式の立派な邸宅で、ぴかぴかの高級車も停まっている。さっそくウォークイン・クローゼットを見せてもらうと、有名ブランドのお高い服であふれかえっていた。これだけあって、何が不足なの？　いったい何に困っているの？

「ご覧のとおり、いい服がたくさんあるわ。でもぜんぜん整頓できてないの。少し売ったらいいんだけど、いろいろ組みあわせて着るから、どれも手ばなせないのよ」

私はうなずいた。「わかったわ。まずは全部並べてみて、どれを残すか決めましょう。売るのはいい考えね。よく着る服を見えやすい場所に置けるし、将来買う服をしまう余裕もできるから」

「実は……」テッサは口ごもった。「クローゼットはほかにもあって、しまう場所がないわけじゃないの。服を売りたいのは、借金を返すためなのよ」

私が呼ばれたほんとうの理由がわかった。テッサは実際の収入以上のぜいたくなライフスタイルを演出していたのだ。それが行きづまってきたために、演出の重要な小道具である服を売らざるを得なくなっていた。

テッサは実情を明かしてくれた。持っていたクレジットカードは残らず利用停止。銀行口座は残高がマイナスで小切手も使えない。借金取りたての電話もかかってくる。すべて自分のせいなのに、なぜかテッサは銀行やカード会社に腹を立てていた。クローゼットを整理できない悩みの奥に、もっと根の深い問題が隠れているようだ。

テッサはお金の使いかたに問題があるとは思っておらず、もちろん改めるつもりもなさそうだった。ケーブルＴＶの契約を安いものに変えて、ネイルサロン通いを減らして、一杯七ドルもするコーヒーをがまんしたら節約できるのでは？　私がそう提案したときのテッサの表情は、死刑を宣告されたみたいだった。

服にしても、ファッションセンスがどうこうではない。問題はお金がないのに、買いたい衝動を抑えられないことだった。これを続けていると、生活の基本的な部分が脅かされてくる。光熱費の支払いがまだなのに、バーバリーのトレンチコートを買ってしまうのだ。

もうたくさん持っているのに、しかもお金もないのに服を買ってしまう。借金を返すために着ない服を売らなくてはならない――なぜ自分はそうしてしまうのか、この行動を修正するにはどうしたらいいのか。テッサと同じ状況の人は、この章から学んでほしい。そうすれば会員限定セールのお知らせもやりすごせるし、中高生みたいに金曜の夜にショッピングモールをうろつかなくてもすむはずだ。

## 私たちはなぜ買い物をするのか

猛獣は飢えていた。獲物を倒す用意はできている。その瞬間のために周囲を歩きまわり、じっくり観察して、これはと思う標的をついに見つけた。美しいライン、つやのあるしなやかな質感――ぜったい自分のものにして、勝利の美酒に酔いたいものだ。ああ、なんてすてきなハンドバッグ！　お買い物って楽しい！

そんな胸おどるショッピング体験は、誰にでも覚えがあるはず。ドレスでも、靴でもジーンズでも、完璧な出会いを求めて店から店へと見てまわる。私もベネトンでそんなボディコンシャスドレスを見つけたことがある。試着するとどこもかしこもぴったりで、鏡を前に何度も「これだわ」と心で叫んでいた。

ショッピング体験は、店を出たら終わりではなかった。このドレス、実は三色展開だったのだ。ひとつだけ選んで終わりになんてできない！　でもほかの色は在庫を切らしていた。帰宅した私は〝狩り〟の続きをさっそく開始する。ベネトンのほかの店舗に電話をかける――売りきれ。次の店舗も、その次の店舗も売りきれだった。えんえん四時間、私は電話をかけつづけた。全国の中小都市にあるベネトンはほぼ制覇したのではないだろうか。苦労の甲斐あって、残りの二色を見つけることができた。

すてきな商品を見つけて、クレジットカードで支払いをすませ、自分のものにする快感は私もよく知っている。購買欲求は、それ自体は正常なものだ。ただし買い物にともなう期待感や高揚感は、どんどん自己増強されていき、繰りかえし味わいたくなってくる。

なぜ人は買い物をしたがるのか。心理学的にはさまざまな理由があげられる。人生に不安を抱えている、周囲とくらべて自分の経済状態が悪い、あるいは充分でないと感じている、退屈しているなど。理由はどうあれ、買い物をすると脳の報酬センターである中脳辺縁系が刺激を受けて活発になる。買い物することを思いえがき、それを実行するたびに、「快楽」物質のドーパミンが分泌されて、不安やいらいらがたちまち解消する。だから同じことをまたやりたくなるのだ。

買い物依存症とドーパミンの関係を示した二〇一〇年の研究は興味ぶかい。むずむず脚症候群の治療でドーパミンを投与されていた患者に、買い物依存症をはじめとする衝動制御障害が多く見られたというのだ。治療が終了してドーパミン投与をやめると、障害もなくなった。

マイカー、絵、食器セット、洋服、宝石……私たちはお金もないのにものを買ってしまう。いったいなぜ？　必要だから？　ほしいから？　それとも、手に入らない別の何かの代わり？

## 流行を追いかける

いまはいい時代だ。ほしいと思ったものは、いつでもすぐに手に入る。二四時間休みなく情報が流れていて、「次のベストバイ」もたえず更新されている。ウェブサイトや通販チャンネルで、マウスをクリックしたり、電話機のプッシュボタンを押すだけで、あっというまに注文完了。この便利さが、買い物の暴走に拍車をかける。

これは私に「必要な」ものだから——そう自分に言いきかせて、ジッパーがいっぱいついたスエードのアンクルブーツを買う。なるほど、つねに最新流行を押さえておくのなら、度を超した買い物も「必要な」ことになるだろう。ファッション界は春、夏、秋、冬、リゾートと休みなく流行を発信している。次々と打ちだされるマストバイを逃さないためには、息をするように、ご飯を食べるように買い物をするしかない。今年はアンクルブーツだけど、来年はひざ上。八〇年代調のパンクプリントとフリルは去年の話で、今年は無地のニュートラルカラーで彫刻のようなシルエットがトレンド。流行を追いかけていると息つくひまもない。

流行の最先端にいるのは刺激的で楽しい。でもひと皮めくると、自分がイケてると思いたい気持ちが見え隠れする。ほかのことが何周遅れでも、少なくとも見た目だけは「トレンドに敏感」な風を気どることができる。流行の奴隷になることで、老いて人生が色あせていくことへの恐怖、周囲となじめない居心地の悪さといった、深層にある不安な気持ちから目をそらしているのだ。

ありもしない必要性をでっちあげて、買い物に走る癖をやめたければ、二つのことを考えてみよう。必要だと思っていたものが、実は「ほしい」だけだったことがわかるはず。

・もしこれを買わなかったらどうなるか？
・いまあるもので代用できないか？

## ストレス解消

服を買うこと。それは「自分へのごほうび」だ。スパやネイルと同じで、自分に磨きをかければどんな苦しみや悩みも消える気がする。そうすると、買い物とストレス解消の結びつきがどんどん強くなっていく。これはつまり、行動分析の研究で知られる心理学者B・F・スキナーが提唱した「オペラント条件づけ」だ。初めての買い物体験が気持ちよかったから、ストレスがたまってくるとショッピングモールに出かけたり、ネットで買い物をしたくなってくる。ものを買って気分がすっきりするたびに、行動がポジティブに強化されて、次も同じことをする。スキナーの実験で、飢えたハトがえさほしさにレバーをくちばしで押しまくるように、ストレスが大きいほど服を買いたくなるという仕組み。こうなると買い物でのストレス解消は依存性の薬と変わらない。買い物がやめられなくなって借金がふくらんだり、クローゼットが満杯になったりする。

甘いお菓子、旅行、マッサージもいいけれど、私は服を買うのがいちばんのストレス解消法だ。気持ちが落ちこんだとき、服を買うと自分が大切にされているような気がする。働きづめだった一日の終わり、がんばったごほうびにお給料の範囲内でちょっと高級なものを買う。それだけでストレス要因はすぐに解消する。反対に買い物ができないときは、それ自体がストレスになる。何とかして店にたどりつき、買い物をしたとたん、元のストレスも、買い物できなかったいらいらも消えてくれる。今日のいやなことはとりあえず忘れて、やっぱり買い物してよかったと思うのだ。それはいまも変わらない。

## 帳尻を合わせる

背伸びした生活のために、借金して買い物を続けているとにっちもさっちもいかなくなる。

Creditcardhub.comが、独自調査と連邦準備銀行のデータをもとに、二〇一一年第二四半期のアメリカ消費者支出動向を分析したところ、クレジットカードの負債額は七七一七億ドルに達していることがわかった。負債を背負っている消費者がきちんと返済できるのはせいぜい第一四半期まで。第二四半期からは逆に負債額が増えていくのだ。この傾向は二〇〇九年から始まっていた。二〇一一年の負債額は二〇一〇年から六六パーセント増えており、二〇〇九年からだと実に三六八パーセントの増加だ。優雅な暮らしに見える人も、立ちのき、差し押さえ、破産と背中あわせだったりする。お隣さんが一カラットのダイヤの指輪を買ったら、二カラットのものがほしくなる。友だちがカリプソのアラブ風チュニックを着ていたら、ちがうデザインで三着買ってやれと思う。だがどんなにがんばっても、自分よりいいものをたくさん持っている人はかならず出てくる。

買い物欲求は、その原因から探らなくてはいけない。人気のリアリティショーで、セレブの生活をかいま見たとか。ひょっとして、友人や身内、社会の欲求を自分の気持ちだと思いこんでない？　新製品の魅力を訴える写真が目に飛びこみ、買うべきだと宣伝されるうちに、ほしいような気になってくる。

## 買い物セラピー

要するに私たちは、ワードローブに足りないアイテムをそろえるためではなく、ぽっかりと開いた深い穴を埋めるために買い物をしている。友だちがほしい、安心したい、幸福になりたい、満たされたい、気晴らしがほしい、退屈しのぎがしたい……そんな孤独や苦しい感情はおいそれと消えないし、直視もしたくない。でも買い物をすれば、一時的にでも忘れることができる。

蒸し暑い土曜の夜、出かける予定もなく家にひとりきり。でも大好きなテレビショッピングを見ていればさびしくない。今夜は、誕生石ジュエリーセットを申しこんだ人が、私以外に七五〇人もいるんだから。おなじみの司会者は友だちみたいだし、自宅には放送予定やパンフレット、バースデーカードまで送られてきて、大きな家族の一員になったような気がする。ここは仲良しクラブ。私に審判を下したり、厳しい要求を突きつける人はひとりもいない。だからお返しにときどき買い物をしてあげる。大好きな司会者がすすめてくれる商品を、断ることなんてできる？

服やアクセサリーを買いすぎるのは、自分ではどうしようもない欠点を抱えていて、不満に思っているからだ。新しい服で外見を良くすれば、欠点が消えたような気がするけれど、その効果は短時間しか続かない。だからまた店に足を向ける。

賢くなりたいのに、かわいくなりたいのに、成功したいのに、うまくいかない。でも最新流行の服と、まばゆいラインストーンのネックレスでばっちり決めていたら、仕事ができないのも、お肌の衰えも気づかれないですむ。

いまの人生に満足していない人は、うわべを飾りたてることで理想の人生を演出する。高級車、大きな家、豪華な家具、ブランドの靴は、経済的な問題や家族の不和、空虚な心をごまかすための幻想の道具というわけ。

だけど買い物には先だつものがいるし、置き場所が必要だし、そもそも使う機会はあるの？何かがほしいのは、不安を感じているということ。あえて行動しないで不安を受けいれるか、ほしいものを買って不安を解きはなつか。でも不安に真正面から向きあうことをせず、ものを買って自分をなだめてばかりいると、やがてきしみが生じてくる。

他人に負けてはならじと所有欲と消費欲に振りまわされるのは、目の前にぶらさがったニンジンを追いかけるロバのようだ。どんなにがんばっても、ニンジンには届かない。浪費と買い物依存に走る人も、物質ではけっして実現しない充足を見つけようとしている。

**買い物依存症チェックリスト**

□ 一日中買い物のことを考えている。
□ お祝いやごほうびで買い物をする。
□ 悩みがあったり、退屈なときに買い物をする。
□ 買い物前に感じていた不安が、買い物をしたら楽になっている。
□ 買ったあと、わくわく感が急速にしぼんでいく。
□ 買い物に罪の意識がある、もしくは買ったものを隠してしまう。
□ 二度と買わないと自分に誓ったことがある。
□ 友人や家族が持っているものをほしいと思ったことがある。
□ 自分が持っていないものを誰かが持っていたら、自分がだめな人間に感じる。
□ 直後は楽しかった買い物が、あとでトラブルになることがある。
□ この章は自分のことだと思って読みはじめた。
□ 買い物のために睡眠や友人づきあい、仕事などをおろそかにしたことがある。
□ 買い物をすると、予定した以上に買ってしまうことがある。
□ 定価だったら買わないものも、セールだと買うことがある。
□ 買うのをやめようと思っても、つい買ってしまう。

□ 店員に名前で呼ばれる。
□ セール、キャンペーン、イベントの案内がよく届く。
□ テレビショッピングやオンラインストアの会員アカウントを持っている。
□ ほしいもののリストがある。リストのものを買うと、すぐ次のものがほしくなる。
□ クローゼットに、そっくりの服が何着かある。
□ タグがついたままの服やアクセサリーがたくさんある。
□ クローゼットが狭くて服が入りきらない。
□ 前にやったコーディネートは意地でもしたくない。
□ 友人や家族に買い物のしかたを指摘されたことがある。
□ 月々の支払いができないことがある。
□ ローンの残りが気になる。
□ 収入の大部分を買い物に使ってしまう。
□ 請求書が届いても無視する、取りたてが来ないよう電話番号を変える、手紙を開封せずに捨てるといった回避行動を取っている。
□ 借金がふくらんだら買い物ができなくなるとわかっていながら、「だったらいまのうちに買っちゃえ」と思ってしまう。
□ ほしいものを誰かにおねだりしたり、借金を申しこんだりしたことがある。

以上の質問で大部分が「はい」だったら、買い物の習慣が自分ではコントロールできなくなっている可能性が高い。内面に不健全な動機がひそんでいる行動は、いずれは自分の首を絞めることになる。いますぐ手を打たなくてはいけない。

case study

## がんばって働いて服を買い、その服に足元をすくわれた話

テッサの場合、クローゼットからあふれんばかりの服は、衝動的に買い物をした結果だと理解する必要があった。とりあえず、いまある服を全部出して、いろんな組みあわせを試しながら、売っていいものを選んでいくことにした。この作業から、テッサが浪費をやめられないほんとうの理由が見えてくるはずだ。

テッサを買い物に走らせる引き金は何か。こうした強迫行動に対処するには、依存症の治療法をお手本にするのがいちばんだ。買い物の引き金になるものを明らかにして、代わりの行動を見つけ、買い物行動を助長する要素を排除する。緊急時の対応を練り、お金を払う手段を制限する。いちばんつらい最初の数週間を乗りきるための、支援ネットワークを形成する。

私たちはクローゼットの中身を残らずひっぱりだして、ベッドに積みあげた。いま持っている服を目の当たりにすれば、今後の買い物を正当化しづらくなるかもしれない。

次に服の山を二つに分ける。残しておくものと、売ったり捨てたりするもの。この作業が終わったところで、私は言った。「いる服といらない服のよりわけがこれでできた。いらない服を売ったらけっこうなお金になるはず。それじゃ次は、コーディネートを考えてみましょう」

テッサは残った服をトップスとボトムスに分けはじめた。よく見ると、ほとんどの服はタグがついたままで、しかも値下げになっていた（それでも充分お高いのだが）。これで対応の方向性が見えてきた。

所見1　テッサが服を買うのは、必要だからではない。実際には着ていないことが何よりの証拠。衝動的に買っているため、クローゼットにある服はかなりちぐはぐだ。

所見2　テッサは買った服を着ていない。クローゼットにある服は、実用品というより美術品みたいになっている。

所見3　テッサはセール品ばかり買っている。お金を使う罪悪感を薄めるため？

## すてきすぎて着られない

クローゼットの中身をベッドに出しながら、テッサは服についたタグを隠そうとしていた。この日の彼女は、だぼっとしたくたびれたジーンズ、よれよれのタンクトップ、もっさりしたブラジャーという姿。クローゼットの高級な服をふだん着ていないことは明らかだ。

「テッサ、なぜこっちの服を着ないの?」私は質問した。想定される答えはこうだ。

・自分の身体が嫌いなの。
・太りすぎてるから。
・スタイルが悪いから。
・着る理由がないから。

でもテッサの答えはちがっていた。仕立ての良い、クラシカルな服の数々は、「ものが良すぎて着られない」というのだ。貧相なふだん着以外に袖を通して、「せっかくの服がだめになる、むだになる」ことを恐れていた。

なぜ着もしない服を買いまくるの? その深層には罪悪感があった。ほしくてたまらない服を買っても、あえて着ない。それは一種の自罰行為なのだ。浪費という「悪いこと」をやってしまっているから、それを着るなんてとんでもない。良くない行為をするときは誰でもそうだが、テッサも買い物のたびに「これが最後」と固く誓う。クローゼットに服をしまいこむのは、いつの日か誓いが実行できたときに備えているのだ。買い物をしなくなっても、すてきな服が手つかずでたくさんあるんだから、それを着ればいいというわけ。

その日は、「すてきすぎて着られない」服を四つのカテゴリーに仕分けして終わることにした。

レベル４　フォーマル
レベル３　ナイトアウト
レベル２　オフィス
レベル１　ウィークエンドカジュアル

ここで私は〝レベルダウン〟を提案する。いつもはナイトアウト（夜のお出かけ着）で着るブランドジーンズ、サンダル、タンクトップを、ウィークエンドカジュアルに落とす。フォーマル用にとってあるセクシー度高めのドレスを、ナイトアウトに着る。これなら極端にドレスダウンすることなく、手持ちの服を活用できるはず。このあとは服の一覧表をつくってワードローブの「穴」を見つけ、テッサのライフスタイルに合った形で穴を埋めていく。着ないまましまいこむ服を一着もつくらないことが目標だ。

## 引き金探し

これと並行して、買い物行動を分析する必要がある。私はテッサに言った——何も変えなくていいから、一週間自分の行動を観察してみて。お店に行ったり、ネットショップを眺めたり、もちろん買い物だって好きにしていいから。ただひとつ、買いたい！という衝動が湧いたときの様子だけ記録してほしい。

一週間後、ふたたびテッサの家を訪問する。テッサはこの五日間に三回買い物をしていて、約束どおりそのときのことを記録していた。

「あなたが帰ったあと、私は胸を張りたい気持ちだったの。たくさんの服を整理できたし、それを売ればけっこうなお金になりそうだし。自分をほめてあげようと思って、翌朝早起きしてニーマン・マーカスに行った。そしたらマイケル・コースがセールだったから……さっそく手に入れたわ」

「もうヒントが出てきたわね。気分が良くて、自分にごほうびをあげたかったから買ったと。次の買い物はどうだったの？」

「その夜、買った服を眺めていたら罪悪感が湧いてきた。家賃の支払いも迫ってるし。だからいつものように、買い物はこれで最後にすると自分に約束したわ。でもなぜか、今回は正式な終わりじゃない、ほんとうの終わりが必要だと自分に言いきかせたの。それで二回目のショッピングに行った」

「それで？」

「ずっと前から、最後の買い物をすることが目標だったの。だから特別なショッピングにしたくて、目が釘づけになったこの靴を買った。でも運が良かったのよ、クーポンがあったから。なかったらすごい出費になっていたわ」

「記念になる特別なものをほしくなる気持ちはわかる。だけど、それで終わりじゃなかったのよね？」

「まあね。でも三回目は私ひとりの責任じゃないの。木曜が同僚の誕生日で、お祝いしたいからとショッピングに誘われたの。興奮ぎみの彼女につられて、私もつい買っちゃった。この二着はZARAで見つけたの。このあいだ買った靴にぴったりのかわいいデザインよ。そしたらベルトもほしくなって、サックス・フィフス・アベニューに寄ることにした。結局買ったのはかっこいいレザーパンツよ。ぜったい買うべきだと思ったし、ベルトより実用的な気がしたから」

「テッサ、今回自分がつけた買い物日記を読みかえして、気づくことはある？　ショッピングの引き金は何だと思う？」

買い物をするのは、気分が極端にポジティブ、あるいはネガティブなとき。買うのは値が張る品ばかりだけど、定価で買うことはまずないので気が楽。テッサはそう言った。

## 気分の浮き沈み

ものを食べてストレスをまぎらわせるヤケ食いはよくあるけれど、ヤケ買いというのもある。どちらもほどほどなら無害なのだが、行きすぎると生活のあらゆる面に悪い影響が出てくる。その場しのぎで気分を晴らすと、自分のほんとうの気持ちに向きあうことがないし、心の痛みや罪悪感も素通りだ。いやな気持ちになったとき、買い物をしたら気分がすっきりした。このサイクルは繰りかえすたびに強化されて、もはや買い物以外では気分が晴れなくなる。

買い物は誰かと共有できて、気軽にやれて、元気が出てくる体験だ。この世に買い物をしない人なんていない。買い物はひとりですることもあるけれど、気の合った友人や、パートナーと出かけることもあって、そういうときは思った以上に買ってしまうこともある（とくに男性）。

テッサのセール買い自体は表面的な問題だけれど、一枚めくった下には突きとめにくく、治しづらい理由がひそんでいる。テッサの買い物日記を読むと、感情の激しい波や、耐えがたいむなしさに襲われていることがわかる。

ポジティブな感情のときは、大好きな友人やショッピングカートといっしょに、上向きな気持ちを増幅させたい――テッサはそう思うようだ。「何かがうまくいったとき、いいことがあったときは、心が沸きたつの。ハイな気分をさらに高めてくれるのが買い物なのよ」

反対に悲しくてやりきれないときは、服や靴や宝石が心のむなしさを埋めてくれる――一時的にだが。「気分が落ちこんだときは、心をひっぱりあげるために買い物をする。だけど、それで立ちなおれるほどじゃないから、また何かを買わなくちゃいけない」

ワードローブに一貫性がないことは、テッサも気づいていた。手持ちの服との相性も考えず、そのときの感情まかせで必要ないものを買うので、コーディネートができない。ちぐはぐな服を見ていると、買ったときのつらい気持ちがよみがえってくるから、実際に着ることもない。

テッサの話を聞いていると、山あり谷ありの折れ線グラフが思いうかぶ。気分が基準線を下まわってマイナスになったときは、買い物がプラスへと押しあげてくれる。心が舞いあがって基準線より高くなったら、買い物がさらに高いところへひっぱりあげるのだ。だがこの「ショッピング・ハイ」は長続きせず、終わったあとの落ちこみがひどい。浪費の罪悪感も精神に悪い影響を与える。

## セールの罠

テッサがセール品を求めてお店めぐりをするのは、だいたい週に一回。必要かどうかにかかわらず、セールになっていれば買ってしまう。だから同じ品物を二点、三点とまとめ買いしたり、使う予定もないアクセサリー、着ていく場面もないし、ほかの服とも合わせられない服が詰まったショッピングバッグを抱えて帰ることになる。

なぜこんなに買いこむの？　私の問いにテッサは答えた。「だって、買わなくっちゃ。セールだったんだもの！」これはさらに掘りさげる必要がありそうだ。いろいろ話を聞くうちに、買い物をしたあとで増えつづける借金という現実に直面したとき、セールの値札が罪悪感をやわらげていることがわかった。そもそもセールがお得なのは、必要なものを安く買えてお金が節約できるからだ。でもテッサの場合はそうではなかった。

この習慣をやめるのは難しそうだ。セール買いには、短期的だけれど即効性の見返りがある。買い物に行けばかならずお買い得品に出会えるし、それが不要なものでも、買うことを正当化する理由はいくらでも見つかる。ただテッサは、長期的な悪影響にまでは考えがおよばなかった。不要なセール品を買いまくるお金があれば、出番が多くて重宝する服が定価で買えるのに。

## 悪循環を断ちきれ

一ポンドの砂糖とリボンを手に入れるのに、馬車で三週間も旅をしていた時代は遠い昔。いまは家からちょっと歩いただけで、いや、家から出なくたって買い物ができる。テレビや雑誌、インターネットの広告、キャンペーンやクーポンなどが、たえず購買意欲を刺激する。あふれんばかりの商品が手招きしているのに、手に入れる機会をみすみす逃すなんてどうかしている……。

「テッサ、いまの生活は誘惑だらけだとわかってる？　買い物をやめることは容易ではないわ」

私は言った。もしテッサが本気で変わりたいのなら、環境から変えなくては。でも過激すぎる改革は失敗に終わる。無理のない範囲を見きわめることが大切だ。

感情の浮き沈みと買い物欲求の結びつきがはっきりしたテッサは、次の機会に備えることにした。まずは買い物とちがってお財布が軽くならず、長期にわたって効果がある代わりの手段を見つけることだ。

テッサは友人や家族に、「買い物ダイエット」を始めたと宣言した。いっしょにショッピングに行っても、自分の財布は車に置いていく。強迫的な行動を正して、借金を整理するまでは何も買わないつもりだ。

でも私がめざすのは、強迫行動を減らすこと。買い物を完全禁止にしたら、反動が来ないともかぎらない。そこで毎月少額の買い物予算を組むことにした。

さらに、買いたい衝動を本人が自覚したときは、ダメージフリー・ショッピングを実践してもらう。これは言うなれば欲求のガス抜きだ。ほしい品物とその値段、購入のための情報をすべて書きだして、一週間寝かせる。そしてあらためてリストを見れば、ほしい気持ちがおさまっていることに気づくだろう。おしゃれ好きのテッサはファッション雑誌をたくさん愛読するし、インターネットのファッション関連サイトもしょっちゅう見ている。ほしいものがあったらそのページにしおりをつけ、切りとってファイリングしたものをあとから眺める。こうすることで、買い物衝動につきものの渇望と執着を安全にやりすごすことができる。

最後はセール買い禁止令だ。といっても、クローゼットを整理していらない服を処分するまでの期間限定だ。セール中の店には足を踏みいれず、セール買いしないことを友人や家族に宣言する。セールで買った服の値段を書きだして、その服を着た回数で割ってみれば、着用一回当たりの費用がわかる。八〇ドルで買ったドレスを二回しか着ていないのであれば、一回当たり四〇ドルもかかっている。二〇回着ていればたった四ドル。この計算はテッサに衝撃を与えたようだ。それもそのはず、買ったきりでショッピングバッグから出してもいない服がクローゼットに山積みなのだから。

買い物日記をつけ、友人たちに自分は変わると宣言し、毎月使える金額を設定し、ダメージフリー・ショッピングに励んで一か月。買いたい衝動をやりすごせるようになったとテッサから報告があった。

「欲求が起きることはあるけど、そんなときは別の方法で買い物気分を味わってる。自分の感情を変えようとせず、ありのまま経験するのは気持ちいいことね。ハッピーだったら、思いきりハッピー。悲しいときは、悲しみを丸ごと感じるの」

気持ちよくなるために服を買う。そのこと自体は何もまちがっていない。私もショッピングとおしゃれの絶大なパワーを信じているひとりだ。でも服というモノに自分の感情をすりかえて、自分に向きあう努力をやめ、解決への道をふさぐのはまちがっている。

セール買い禁止令のおかげで、テッサはかなりのお金が節約できるようになった。浮いたお金は、貯金や友人との食事、趣味の旅行に回す。自分でパーティーを開くこともあった。好きなもの、必要なものだけを買うほうが、長い目で見ればお得――テッサがこの真実に気づいたところで、セール買い禁止令は撤廃した。でもいまのテッサは、早朝セールに並んだり、バーゲン目当てに遠くのアウトレットまで車を走らせたりしない。セールのお知らせハガキが届いても、ゴミ箱に直行だ。

テッサの場合、買い物と服選びのまちがった習慣を軌道修正するうえで、家族や友人の支えが大きかった。時間も労力もかかったけれど、テッサのクローゼットはよく調和した服やアクセサリーだけがすっきりおさまった。それを見ているだけで、テッサは前向きになり、気分が明るくなるのだった。

インサイドアウト法でクローゼット改造をやりとげたテッサは、〈オズの魔法使い〉のドロシーのように、必要なものはすべて手元にあることに気づいた。クローゼットにすてきな服がいっぱい入っているから、もうショッピングモールに行く必要はない。あとは着こなしを工夫するだけ。生き生きとした豊かな心と感情は、高価な服を買わなくても、自分のなかにあった――テッサはようやくそのことに気づいたのだ。

# 今度はあなたの番

お金もないのに買うのは問題だ。ほしいという衝動のままに行動していると、強迫行為がどんどん強化される。買い物をするたびに、また買いたいという欲求が強くなるのだ。

着ないのに買う、セールのたびに買う、感情に振りまわされて買う。そんなテッサと自分が重なる人もいるだろう。でもだいじょうぶ。自分で修正することはできるし、もし難しければプロの助けを借りればいい。クローゼットが満杯でも、心はからっぽのままなのだから、それを埋めることに努力を傾けよう。

## お金が出ていく悪循環

あなたはむなしい心をまぎらわせ、自分をなぐさめる手段を服に求めていないだろうか？　悪い買い物サイクルにはまって、好きでもないちぐはぐな服がクローゼットを占領していない？　服を着るとき、失恋や退職のつらい記憶がよみがえることはある？

感情の嵐を静めるために服を利用していることに、本人は気づいていなかったりする。強迫的な買い物行動もほかの依存症と仕組みは同じ。強烈な衝動のままに買い物をすれば、そのときは気持ちが楽になる。でもそれを繰りかえしていると、罪悪感と不安がふくらみ、ワードローブもふくれあがる。あなたの買い物行動が、治療が必要な病気のレベルであれ、「ヤケ買いでうっぷんを晴らす」程度の軽いものであれ、クローゼットをすっきりさせたいのなら、依存症の治療法にヒントがある。

まず自分の買い物パターン、なかでも買い物の引き金を見つけることだ。依存症でも、強迫行動の引き金をはっきりさせれば、効果的な治療法が見えてくる。落ちこんだときに買い物に走る人が多いが、祝福気分のとき、あるいはお金があるから買い物をする人もいる。この服は必要だから買うの？　それとも見境なく買いたいだけ？　この段階では、買う理由を書きとめておくだけでいい。

引き金になることがわかったら、いよいよ行動を変えるときだ。買いたい衝動が起きたら、それを認識してかわりに別のことをする。友人と遊ぶ、身体を動かす、日記をつける、映画を見る、泡風呂に入る……。代替行動は人それぞれだから、自分に合ったものでいい。代替行動が見つかれば、買い物を有害なうさ晴らしから、純粋なお楽しみに転換できる。

## セールの誘惑

テッサは買った服を着ないが、それ以上に定価ではただの一度も買ったことがない。これはもう、セール強迫症と呼んでいいレベルだ。セールで買うこと自体が問題なわけではない。気にいった服を買って、ちゃんと着るのであれば、バーゲンあさりにかける時間、労力、費用もむだではない。でもセールで買った服を着ようとせず、着ても気持ちが浮きたたないとしたら、見返りのない無価値な行為ということになる。

いくら割引価格でも、買った時点でお金は減っている。その服を気にいって、いろんなところに着ていくからこそ、お金の節約になる。

セールへの考えかたを変えるには、テッサがやったように着用一回当たりの費用を計算するのが効果的だ。自分のお金の使いかたを、一歩下がったところから眺めることができる。

ディスカウントショップやアウトレットがあちこちにできたおかげで、罪悪感なしの割引価格で買い物できる機会がぐんと増えた。こういう場所では、「お買い得」だから予定よりたくさん買うという調査結果もある。服ではないけれど、コーネル大学のブライアン・ワンシンクが中心となって行なった実験では、多くの食べ物を見せられるとたくさん食べる傾向が明らかになった。[*1] 目の前にあれば消費したくなるのが、人間の性《さが》なのだ。

セール買いに関しては、ヨーロッパ人は実に賢明だ——買わないのである。品質と価格、スタイルをとことん比較して、選びぬいたものだけ購入する。学生のとき、アメリカ人の服の選びかたが理解できないとフランス人女性教師がぼやいていたのを覚えている。カシミアの黒のタートルネック、ドレスパンツ、ジーンズ、白の襟つきシャツ、エルメスのスカーフ、トレンチコート、フラットシューズとヒールを一足ずつ。フランス女性が持つのはこれだけ。どれも最高級品で値段も半端ではないが、生涯大切に使いつづけるので費用はないも同じだと彼女は言っていた。

## 買い物の悪循環を止めるヒント

専門家の介入が必要なレベルから「正常」の範囲内まで、強迫的な買い物行動もいろいろだ。たしかに買いたい衝動は止められないし、買った直後は罪悪感とかお金の心配を忘れるぐらい気分がすっきりする。でも悪循環に終止符を打てば、一時的なすっきり感をはるかに上回る恩恵が得られる。

まずは買いたい衝動を減らすところから始めよう。衝動に突きうごかされて買い物をするときは、感情に対する無条件の反射が起きている。イライラするから、むしゃくしゃするから、満たされないから、買い物しちゃおうというわけだ。感情が行動に直結している。この展開を食いとめるには、あいだに思考をはさむ。感情→思考→行動というプロセスに変えるのだ。自分の感情を論理的にとらえて、未来の行動を検討する余裕を持つことは、衝動買いを減らすうえで欠かせない。

必要もないのに、お金もないのに、深く考えず買い物をしてしまう人に、心とお財布を楽にするショッピングテクニックを伝授しよう。

**手ぶら作戦**

お店のラックにつるされた華やかな服は、まるで美術品。それを眺め、手ざわりを確かめ、試着したくない人なんている？　お金がないのに買い物したくなったら、お財布なしでショッピングに出かけよう。現金はもちろん、クレジットカードもだめ。そんなの拷問だと思うかもしれない。たしかに最初は苦しいけれど、買いたいと感じた瞬間と、実際に買うまでの時間を引きのばすことで、冷静に考えたり、検討したりする余地が生まれる。

お財布なしショッピングをしたら自宅に直行。「ぜったいほしいもの」を思いうかべながらクローゼットを眺める。その一着がほしいのは、ワードローブに足りないものを補ってくれるから、それともただの衝動？　よく考えれば、ほんとうに買う価値があるものは、お店でほしいと思ったものの一割ぐらいしかないはずだ。

**お取り置き作戦**

これはぜったい買い！と思った服があったら、その日だけ、あるいは翌日までという約束でお取り置きにしてもらう。家に帰ったらクローゼットを眺めて、いまある服で代用できるものはないか検討しよう。いまあるもの、ほんとうに必要なものを見きわめてから、お取り置きの品を買うかどうか決断する。

## タイムリミット作戦

ほしいものがあってもあえて買い物に走らず、一週間、あるいは一か月先のばしする。タイムリミットが来たら、感情ではなく理性で買うかどうか決めよう。買い物をすぐに実行できない不安感と戦い、それを克服するたびに、衝動買いが減っていくことに気づくだろう。

## 買ったつもり作戦

私自身がお店で働いていたときに思いついたテクニック。最新ファッションの服に毎日囲まれ、どれでも社割でかなりお得に買えるのに、ちっともほしくなくなったのだ。ショッピングモールも買い物もいやになり、服を見るのも飽き飽きして、カタログに目もくれず、ほとんど何も買わなくなった。お店が自分の大きなクローゼットだったから。自分のものだと思うと、ほしい気持ちがなくなる。禁断の果実を手に入れたい衝動も快感もきれいさっぱり消えてしまった。

もちろん、ブティックに転職する必要はない。ほしい服の写真を鏡に貼るだけ。いやでも毎日目にするうちに、過飽和状態になってうんざりしてくる。ぜったい買えないあこがれの品にも、この作戦は使える。私はマノロ・ブラニクの靴、ロイヤル・アッシャーのエンゲージリング、ダイヤびっしりのカルティエ・タンク・アメリカンで実行した。写真のかわりにインターネットのショッピングサイトでもいい。ほしいものをショッピングカートに入れたまま、何度も眺めるのだ。そのうち興味が薄れて、「支払いに進む」ではなく「カートから削除」をクリックすることになる。

## めんどうな入力作戦

とはいえインターネットは、買い物を一気に手軽なものにしてくれた。車を運転してショッピングモールに向かい、駐車スペースを探しまわったり、混雑をかきわけて試着したり、閉店時間を気にしながら行列に並ばなくてもいい。午前三時、カーラーだらけの頭で、カップアイスを食べながらでも買い物できる。でも面倒いらずだからこそ、買い物に深刻な問題を抱えている人には危険なものになる。

アクセスがとっても簡単だと、買い物をあきらめることが難しい。私はよりによって、復活祭セールの時期に買い物しすぎるのをやめようとして、インターネットの壁にぶつかった。ラルフ・ローレン、ニーマン・マーカス、サックス・フィフス・アベニュー、バーバリー、バナナ・リパブリック、トリーバーチ、ノードストロムにつくっていた私のアカウントがじゃまをするのだ。どうしたかって？　アカウントをひとつ残らず削除して、買い物のハードルをあえて高くした。

アカウントを持っていないと、ショッピングカートから「注文を確定する」に直行できず、住所や電話番号をいちいち入力しなくてはならない。買いたい衝動から実行までの時間を引きのばすことで、「これ、ほんとうに必要なの？」と理性を働かせることができる。おかげでセール期間が終わっても、買い物衝動が影をひそめた……しばらくのあいだは。

**マインドフル作戦**

衝動的な行動は「マインドレス」であることが多い。そこでマインドフルネスを実践して、自分の買い物を徹底的に見つめなおしてはどうだろう。買い物前に自分が感じていること、買い物の場所とタイミングと理由、買い物中と買い物後の感情、次にまた買い物したくなるタイミングに意識を向ける。ワードローブの不足を補う目的をはっきりさせて、いま持っているものから必要性を判断し、「必要」と「ほしい」を区別することも大切だ。

じっと座って考えるのが得意でない人もいるだろう。私もそうだ。自分の内なる声を聞きたくない人もいるかもしれない。心理学者は、患者のマインドフルネスを助ける方法を学ぶのだが、それには自分がマインドフルネスになれることが前提だ。私も最初はものすごく抵抗があったけれど、「いま、ここ」にだけ意識が向くマインドフルな状態になるには、瞑想、リラクゼーション、呼吸法、日記が有効な方法であると納得できた。買い物依存症に終止符を打つには、買いたいという自分の衝動と、そこから引きおこされる行動に意識を向けなくてはならない。おかげで私もいまでは、クレジットカードを出す前にじっくり考えることができる。

## 服の買い物で失敗しないために

服を買いすぎるのは、買い物好きとか流行へのこだわり、内面の葛藤というより、手持ちの服がちぐはぐすぎて、組みあわせがうまくいかないからだ。とりあえず格好をつけるには、新しい服を買うしかない。

「着ていくものがない！」という緊急事態で買った服は、当然のことながらクローゼットのほかのアイテムとはしっくりこない。この買い物習慣は、せっぱつまって買えば買うほど、さらに数が必要になるという悪循環を生む。全体は部分の総和より大きいというゲシュタルト理論だ。かっこいい服が何着あっても、つながりがなければワードローブ全体では失敗となる。応用範囲の広い服をそろえ、一貫性のあるワードローブを構築することで、焦りから来る買い物衝動を解消できるはずだ。

ワードローブづくりの参考になるのが、部屋のインテリア。椅子、テーブル、カウチなどの家具は、部屋の広さや天井の高さに合ったもので、奇をてらわないシンプルな形やスタイル、おたがいに調和した色にする。いっぽうクッション、敷物、壁に飾る絵といった小物は、部屋にいろどりを与えるもの、流行に合わせて簡単に取りかえられるものが適している。つまり大物の家具がカンバスで、小物はそこにのせる絵具というわけだ。

これをワードローブにも応用しよう。カンバスとなる基本アイテムは〝クラシック〟が原則。黒やキャメルのスーツに、濃いめの色のストレートのジーンズ。カッティングが工夫された無地のボディコンシャスドレスもしくはツイードのパンツ。派手すぎる模様や、ラメ、ラインストーン、タッセルといった飾りは避ける。絵具の役目を果たす靴、ベルト、スカーフ、ジュエリーといった小物は、個性と創造性をぞんぶんに発揮していいし、色や素材、飾り、模様で大胆に遊んでかまわない。

クラシックな基本アイテムは慎重に選ぶ。昼夜の区別なくいろんな場面で使えること、暑いとき、寒いときにも対応できること。そしてテッサのところで紹介した、レベル1からレベル4まで対応できることが条件だ。

レベル4　フォーマル
レベル3　ナイトアウト
レベル2　オフィス
レベル1　ウィークエンドカジュアル

ワードローブの基本分類はこの四つだ。レベルのちがいを飛びこえて着られる服がクラシック、特定レベルでだけ出番があるものがスペシャリティということになる。

練習問題として、白のボタンダウンシャツをほかのものと組みあわせて、レベルごとの装いをつくっていこう。

**レベル4　フォーマル**

タキシードパンツまたはサテンのロングスカート。足元はストラップシューズ。髪はうしろの低い位置でシニョンにする。

**レベル3　ナイトアウト**

タイトスカート、ミニスカート、フォーマルパンツなど。靴はプラットフォームパンプス。髪はウェーブをかけてたらす。

**レベル2　オフィス**

襟ぐりの深いベアトップのボディコンシャスドレスと合わせて、ブレザーかカーディガンをはおる。もしくはワイドパンツかタイトスカート。靴は子猫の足みたいにきゃしゃなキトゥンヒールかフェミニンなローファー。髪はストレートにたらすか、低いポニーテール。

**レベル1　ウィークエンドカジュアル**

フェイクファーのベスト、スキニージーンズ、ライディングブーツ。髪はヘッドバンドでオールバック。

白のボタンダウンシャツはどのレベルにもすんなり溶けこむし、ほかのアイテムとの相性もいい。いかに〝働き者〟かわかるだろう。

次は応用問題。いま買いたいものが二つある。真珠のロングネックレスと、ピンヒールが印象的な太腿まであるサイハイブーツ。さっそく試してみよう。

**レベル4　フォーマル**

タキシードパンツまたはサテンのロングスカート、ストラップシューズ、低めのシニヨン。真珠のネックレスをチョーカー風に二重に巻き、ダイヤのブローチをチャームがわりに下げる。

**レベル3　ナイトアウト**

タイトスカート、ミニスカート、フォーマルパンツのどれかに、プラットフォームパンプス。髪はウェーブをかける。真珠のロングネックレスなら、端に結び目をつくったり、背中側に長くたらす。サイハイブーツだったら、プラットフォームパンプスのかわりにはく。

**レベル2　オフィス**

襟ぐりの深いベアトップのボディコンシャスドレスにブレザーかカーディガンをはおる。もしくはワイドパンツかタイトスカート。靴はキトゥンヒールかフェミニンなローファー。髪はストレートにたらすか、低いポニーテール。真珠のネックレスはそのままつけてまったく問題なし。

**レベル1　ウィークエンドカジュアル**

フェイクファーのベストにスキニージーンズ、ライディングブーツ、髪はヘッドバンドでオールバックに。真珠のネックレスは手首に巻きつけてブレスレットにしよう。

真珠のネックレスは全レベルで活用できるのに対し、サイハイブーツはレベル3しか出番がない。どちらを選ぶかは明らかだ！

## 宝の持ちぐされ

いい服がクローゼットにたくさんあるのにちっとも着ない――そんなテッサのような人は、ファッションの重罪を犯している。特別なときに着ると決めているのなら、そのときはいま！

もし着るつもりがないのなら、着てくれる人に譲ろう。

ほかの人に自分が何をしてあげられるか。それを見つけることが人生の意義だ。この世に生まれたときに与えられた自分だけの才能や個性は、ほかの誰かの人生を楽にしてあげるためにある。与えられるものがあれば、惜しみなく与えようではないか。それが服であっても！　着ない服がクローゼットに眠っていたら、誰かにあげてしまおう。

新しいものをひとつ買うたびに、ひとつ誰かにあげることにしたらどうだろう。これには二つ利点がある。

（1）誰かを幸せにできる。

（2）クローゼットの棚卸しができて、新しく買ったものをしまう余裕が生まれる。

こうすれば、収納場所からものがあふれることはない。これは服だけでなく、ほかのものにも応用できる。

不要なものを排除して、自分にとって意味のあるものだけを身近に置く。そうすれば生きることが気持ちよくなる。

## 買い物依存症のまじめな話

生活に深刻な悪影響が出ているのに買い物がやめられず、医療の介入が必要な状態は買い物依存症と呼ばれる。患者の割合は人口の数パーセント程度。患者は主に女性で、一〇代後半から二〇代になることが多い。有病率も罹患率もこの数十年で増加しているが、研究も治療も追いついていないのが実情だ。この病気の存在が知られるようになったのは二〇世紀初頭で、消費行動が発達した国々では広く見られるにもかかわらず、明確な定義がされておらず、まだわからないことも多い。

買い物依存症は、ものを買うことで、それまでの緊張や不安が一気に解消されることから始まる。その結果、買い物行動は衝動的になり、過剰な買い物を繰りかえすようになる。やがて経済的に困窮したり、家庭や職場、人づきあいに支障が出たりする。買い物でネガティブな感情から解放された直後は心が満たされ、長期的な問題がなくなったように思えるため、コントロールがきわめて難しい。

買い物依存症は家族どうしで発症しやすいが、神経生物学的な原因で起きることもある。ほかの心理障害と同時に起きると、診断や症状を切りわけることが困難になる。併発が多いのは気分障害、不安障害、物質使用障害、摂食障害、衝動制御障害、強迫性障害、パーソナリティ障害など。

買い物依存症患者は、ものを過剰にためこむ強迫的ホーディングに陥っていることも多い。買い物依存症の治療は容易ではないが、抗うつ剤投与や認知行動療法で一定の効果が見られる。

第二章

# さよならのとき

あふれるクローゼット

クローゼットが満杯で扉がきちんと閉まらない。床に築いた靴の山がくずれて、その上に洗濯かごからあふれた服が重なっている。バッグがいたるところに転がり、買っただけでまだ出していない服の箱も積みあがる。重みでたわんだメタルラックには、時代遅れのブレザーやスーツ、毛玉のできたインナー、破れたジーンズ、クリスマスシーズン限定のセーター、ハロウィーンの仮装、一回だけ着たブライズメイドのドレスが満載だ。クローゼットのスペースは、いまやニューヨークの不動産より不足している。ベッドの下は見るのも怖い？

私たちは「乱雑」という名前の王に支配されている。古いものをちっとも処分せずに新しいものを買いこむから、家のなかはあふれんばかり。アメリカ合衆国の平均的住宅の延床面積は、一九七〇年は一三九・五平方メートルだったが、いまでは一八五〜二三〇平方メートルもある。車二台分の大きなガレージも物置と化して、車を一台入れるのがやっと。自宅に入りきらないものを保管するために、トランクルームまで借りる始末だ。摂取カロリーが消費カロリーを上回れば体重が増える。その逆なら体重が落ちるし、等しければ体重は変わらないまま。体重は増えたり減ったりするけれど、わが家の収納スペースやクローゼットはあいにくこれ以上広がらない！

生活空間をものに占領されたままでいいの？　ものが増えすぎるのは、買うだけ買って捨てないからだ。買うほうの問題は第一章で取りあげたから、ここではそのあとのことを見ていこう。誰にでも「捨てられない」ものはある。ただ、取っておきたい欲求が異様に強くなると、仕事や人間関係、身体の健康にまで悪影響が出てくる。

大量に集めたものを捨てられない、片づけられない人のことをホーダーという。昨今はメディアでも取りあげられるし、日常会話に出てくることもある。強迫的ホーディングとなると、ただ「部屋を散らかす」のとは深刻さも影響度もちがって、専門家が診断を下す精神障害だ。「ものを過度に収集してしまい、処分できない」ことが特徴で、強迫性障害や摂食障害、認知症といったほかの障害をともなうことも多く、治療はきわめて難しい。

正真正銘のホーダーであれ、たんにものをためこみすぎた人であれ、問題は生活空間だ。生活空間の状態は、そこに暮らす人の気分を左右する。ものが乱雑に散らばった部屋では、身体だけでなく心も縮こまってくるし、反対に何もない殺風景な部屋にいると、自分がむきだしで無防備になったようだ。心地よさをもたらしてくれるカウチやクッションもなければ、やわらかい手ざわりのブランケットもない。病院みたいに寒々として、非人間的な気持ちになる。快適な家も、良いワードローブも、大切なのは「充満」と「空疎」のバランスだ。空間のバランスは、人生のバランスにつながる。

生活空間はそこに住む人の精神状態に影響するが、同時にその人の感情も反映している。クローゼットから服があふれている人は、そうなってしまう真の理由をあぶりだすことで改善の道が開けるだろう。不要な服の山を捨てられないけれど、医者に行くほどでもないあなたは、この本のなかで第二章がまっさきに目に飛びこんできたはず。そんなあなたの助けになることが、ここには書かれている。

## なぜ取っておくのか

この先必要になるかもしれない。どうしていいかわからない。自分の心を映しだしている。安心できる。なつかしい思い出がある……ものをためこむ理由はだいたいこんなところだ。

### 1. いつか必要になるかもしれない

いまはiTunesを使っているのに、カセットテープを聴く日はほんとに来るの？　枯れて干からびた鉢植えから緑の芽がはえてくることはある？　物置に落ちていたねじは、ぴったりの穴といつか出会う？　まさか。どんなものでも一年以内に出番がなければ、永遠に出番はない。壊れたものも同じ。一年以内に修理しなければ……残念ながら直る日は来ない。

## 2. 自分では決められない

ものが片づかない理由は大きく二つ考えられる。ひとつは、何から手をつけていいかわからないというもの。そしてもうひとつは、背景にある心理的苦痛に向きあえないことだ。

きちんと整理して収納するところがなければ、ものは散らかるだけ。でも、収納場所が充分すぎるぐらいあるのに、「何を」「どこに」しまえばいいのか決められないのでは？　ほんとうは買う前に想定しておかなくてはならないのだが、これができない人がけっこういる。

## 3. 心の状態を映しだしているから

ものが多すぎて、散らかりまくっていて、手のつけられない家は、過去のトラウマとか、いま抱えている生きづらさの表われかもしれない。失職、死別、失恋、病気が降りかかってきたとき、クローゼットの整理なんてする気になれないはずだ。乱雑な状態をあえてそのままにすることで、精神のバランスを保っている場合もある。それならば家じゅうに服が落ちていたり、服の入った箱が山積みになっていたり、タグがついたままの服がクローゼットに下がっているのも不思議ではない。けれども精神をすっきりさせるには、最終的には家を片づけなくてはだめだ。ごちゃごちゃしたスパやマッサージ店でリラックスできる人はいない。

## 4. 乱雑なのも意味がある

ものに囲まれた状態は、見わたすかぎり何もない大海で、救命ボートで浮かんでいるようなもの。チャールズ・シュルツのコミック〈ピーナッツ〉のライナスは、どこに行くにも毛布を手ばなせないし、毛布が自分の一部になっている。ためこんだ服が、そんな〝安心毛布〟のかわりになっているのだ。そう、乱雑に積みあがった服が自分の一部ということ。土曜の夜にひとりぼっちでも、床に転がったたくさんの靴があればさみしくない。棚からあふれて落ちそうなCDを見ていたら、将来への不安も薄れてくる。保存食品やトイレットペーパーなんかをためこむのは、お金が底をつく恐怖をまぎらわせるためだ。

## 5. 良かった時代を思いださせてくれる

最後に持ってきたこの理由が、実はいちばんありがちで、いちばん強い。生まれて最初に切った髪の毛、最初に抜けた歯、最初にはいた靴、図画の時間に描いた絵――要するにノスタルジーということ。大切な思い出だからという理由で、捨てるのをやめるたびに一ドル貯金していたら、大金持ちになれそう！　でも、そんなものを家のあちこちに置いておく必要はあるだろうか？　私たちの脳は不要なニューロンをたえず刈りこんでいるので、消えていく記憶も多い。そんな自分の脳みそにならって、家にたまった古いものも思いきって整理しよう。

## まずはクローゼットから

ものであふれかえった家のなかでも、片づけに着手しやすくて、すぐに成果が実感できるところ。それはクローゼットだ。依頼を受けてクライアント宅を訪問すると、いつか訪れる日のために、あるいは過ぎさった日をしのぶために服をとってあることが多い。時代遅れの服、似合わない服の山に混じって、高級ブランドの服がタグをつけたまま置いてあるクローゼットを見ると胸が痛い。

この状況は、ダイエットや人間関係の変化、転職など人生の転換期に発生することが多いようだ。だけどせっかくダイエットに挑戦中なら、よく似合う服でおしゃれしたほうが気分はいいのでは？　理想の男性との出会いを夢見て、とびきりの服をしまっておく女性も多い。でもよく考えて。ふだん二番手ばかり着ているあなたに、理想の男性がやってくると思う？　いいものはいま着なさい！　地味で単調な仕事に飽き飽きして、華やかな舞台でさっそうと活躍したいそこのあなた。かっこいいビジネススーツを買っては、ビニール袋に入れたままクローゼットの奥に押しこんでいない？　せっかく買ったんだから、ひとりで眺めてないで着ればいい。

お買い得品を手に入れたのに、どうして捨てなきゃいけないの？――これもクローゼットが服であふれかえる原因のひとつだ。ほんとうに必要なものをセール価格で買えたと本人は信じて疑わない。でもセールでの買い物は、必要だから買ったというより、「セールだから買った」だけ。それをいつまでも持っておくのは、クローゼットのスペースやお金のむだづかいだし、服の山から今日の一着を探しだすのに時間も浪費する。セールで買ったものを着ないのなら、手ばなしてしまおう。セールを活用するのは、ワードローブに足りないものを補うとき、基本の服を良いものに買いかえるとき、トレンドの決め手アイテムを手に入れるときだけにする。

ゴミを増やすのはよくないと思って、着もしない服をとっておく人もいる。では、よれよれでシミだらけの服とか、似合わない服、流行遅れの服ばかり着ることが環境にいいの？　自分が着ない服は、着てくれる人に譲る。それがゴミを減らし、人類を救済するいちばんの近道だ。

古着や古布を回収し、クッションの詰め物などにリサイクルする団体も近くにあるはず。犬や猫を保護するシェルターでも、寝床に敷くために古着の寄贈を受けつけるところがある。私の服たちが目の届かない遠くに行っちゃうのはいや？　そんな人には服の交換会がお勧めだ。ただし、トレンド的にいますぐ着られて、汚れやほつれのない服を出すこと。

ぱんぱんのクローゼットは、恐怖の吸収剤だ。着るものはほんとうに足りてる？　何か買わなくちゃいけないのでは？　いざというとき着ていくものがなかったら？　そう考えるだけで、恐くて身ぶるいする。世の中思ったようにいかないことも多いけど、ラックにずらりと服がかかり、引き出しも満杯になっていたら、それだけでほっとする。でもそんな感情は、ただの想像の産物。乗りこえるのは簡単だし、その先にはいらない服を手ばなす自由が待っている。

片づけの最大の敵、それはノスタルジーだ。私自身、クローゼットを整理するたびにノスタルジーと戦っている。そもそも、ファーストキスのときに何を着ていたか覚えてる？　卒業式の日、初めてアイススケートをした日、就職して最初の出勤の朝、何を着てた？　思い出の服を全部とっておけば、そのときのことがよみがえる。でも執着をどこかで断ちきらないと、いつまでたっても過去にとらわれたままだ。前に進みたいのなら、まずクローゼットから過去を解放しよう。

ちっとも片づかないクローゼットは恐るべき怪物だ。扉を開けると、手あたりしだいに飲みこんだ服や靴やアクセサリーが、大きな口の向こうに積みかさなっている。扉を閉めて見なかったことにすれば、いつか消えてなくなるかも？　でも目の前の敵から逃げても何も解決しない。おびえる必要はない。友よ、あなたは強い人間なのだ！　逃げグセがクローゼットだけにとどまらず、生きかたにも入ってくるようになったら勝負のとき。小さなところでいいから、怪物退治を始めよう。

**クローゼットの健康度チェックリスト**

□ クローゼットや引き出しはすでに満杯状態だ。
□ 入りきらない服は衣装ケースにしまっている。
□ クローゼット以外に服やアクセサリーの収納場所をつくっている。
□ 五年前、一〇年前、二〇年前の服がいまもある。

□ シミがついたり、破れたりした服も取っている。
□ ぶかぶかになったり、きつくなったりした服も取っている。
□ クローゼットのものを最後に捨てたのがいつだったか覚えてない。
□ 捨てるもの、あげるもの、残しておくものを決めるのが難しい。
□ いつか必要になるかもしれないと思うと、手ばなしたくない。
□ 思い出があると思うと、手ばなしたくない。
□ クローゼットが片づかないことが悩みの種だ。
□ 家のなかはクローゼット以外も乱雑だ。
□ クローゼットを片づけたら？と友人や家族に言われる。
□ 片づけるのを手伝おうか？と友人や家族に言われる。
□ 家が汚いので人を呼ばない。
□ 服が整理できていないので着るものをなかなか選べない。
□ 服とアクセサリーはたくさん持っているけれど、まだ買うつもりだ。
□ 自分の服を人にあげるなんて考えられない。

以上の質問に「はい」が多い人は、クローゼットがものすごいことになっているはずだ。自分が何を持っているのか、なぜ手ばなさないのか、ほんとうに必要なものは何か、そろそろ本気で考えよう。

case study

## クローゼットを整理したら人生の風通しがよくなった話

片づけのルールをことごとく守れない――エルはそんなクライアントだった。クローゼットだけの話ではない。家全体も、そして彼女自身についてもその調子なのだ。ある夏の週末、彼女からかかってきた一本の電話がすべての始まりだった。

「もしもし、バウムガートナー先生ですか。片づけと収納のことを調べていて、先生のことを知りました。電話をしようと思っていたんですが、なかなか時間がとれなくて。実は新しいルームメイトを募集中で、希望者が部屋を見にくるので、大至急きれいにしたいんです」

「なるほど。だいじょうぶ、きれいになります。そちらにはいつ行けばいいかしら？」

「えーと……」

ことの経緯やクローゼットの状態、どんなにものがあるかをこと細かに説明していたエルなのに、具体的な日時を決めようとすると急に口ごもった。こういうとき、セラピーで使う古典的なテクニックがある。候補日をいくつか出して選んでもらうのだ。優柔不断だったり、いろんな可能性を考えすぎる人には効果がある。エルもいろんな考えが頭のなかをぐるぐる回って、身動きがとれなくなっていた。重い腰をあげさせることが、私の最初の仕事だった。

同じ道を車で何度も走っていると、わだちが刻まれる。わだちはどんどん深くなって、運転は楽になるけど、ほかの道にはずれるのが難しくなる。そのうち運転者は、これしか道がないと思いこむようになる。エルの場合は、片づけるプロセスをかっちり決め、それに固執するうちにどんどん強化されて、行動に移せなくなっていた。たまりにたまった服やもので、ほかの道が見えなくなっていたのだ。

ここに来て、エルはようやくごちゃごちゃした人生を整理することを決めた。私が訪ねた最初の日は、玄関ポーチに散乱するがらくたにつまずくところから始まった。クローゼットはまだ遠い。それでもエルは、努力の成果を披露したがった。自己を見つめなおす啓発本をたくさん読み、片づけの進みぐあいを記録するノートと、目標を書きこむカレンダーを買ってきたという。

すばらしい。準備は万端だ。ところがいよいよ作業開始となると、エルは理由をつけて先のばしをする。たしかに、新しいことを始めるのは容易ではない。それまで避けてきたことを実行に移すと、苦痛や不満、傷心、絶望や怒りがたまっているダムにひびが入り、見えない未来に向きあわなくてはならない。

心理学者ジェームズ・O・プロチャスカの提唱する「行動変容ステージモデル」によると、人が新しい行動を身につける過程は六つの段階に分かれるという。

**(1) 無関心期**
行動を変えようと思っていないし、変える必要も感じていない。
**(2) 関心期**
行動を変えることで生じる損失と利益を天秤にかける。
**(3) 準備期**
行動の準備を始める。　↓エルはここで足踏みしている。
**(4) 実行期**
行動が目に見えて変わっていく。
**(5) 維持期**
変わった行動が継続している。
**(6) 逆行期**
変わる前の行動に一時的に戻ってしまう。

行動を起こさないことには、何も始まらない。家を片づけたいエルも、最初の一歩を踏みだすことができないでいた。ではどうすればいい？　クライアントや家族、友人へのセラピーを重ねてわかったのは、ワードローブをきっかけにするのがいちばん抵抗が少ないということだ。着るものを変えることは、内面まで変化を掘りさげる糸口になる（ファッション業界もそのあたりはよくわかっていて、「新しい年には装いも新しく」と熱心に売りこむ）。だからエルと私も、まずクローゼットから始めることにした。

いまの段階では、何も捨てない——私は最初に約束した。「あなたがどういう人なのか、服から判断したいだけなの。クローゼットのものを全部ベッドの上に出したら、それについて自由にしゃべってください」

エルの話を聞いていた私は、二つのことに気づいた。ひとつは、時間を表わすフレーズがしょっちゅう出てくること。「あのころは」「二年前のこと」「もっと若かったとき」「近い将来」「いつの日か」「いずれは」といった感じだ。もうひとつは、過去の話がやたらと具体的でくわしいこと。エルは遠い子ども時代のことから、実に詳細に語った。

「このセーターは、ハイスクール時代の彼氏がドイツ旅行したときのおみやげよ。クリスマスのときで、これで暖かく過ごせるよと言ってくれた。二人で暖炉のそばに座って、雪を眺めながら過ごしたの」

エルはいま生きている人生と、自分が望む人生のあいだにはまって動けなくなっていた。ワードローブはまさにそれを象徴していて、いま着ているけど不満がある服と、望む人生（もしくは懐かしい人生）で着るためにタグもとらずにとってある服のどちらかしかない。ここが出発点になりそうだ。

しかもエルは、服を捨てるということをしない。とっくに流行遅れになっていても、サイズが合わなくても、いまの生活ではぜったい着ないような服も、必要であるなしに関わらず全部持ちつづけている。クローゼットに山積みの服は、缶詰のオイルサーディンさながらだった。

## ❀ワードローブの黄金律

クローゼットの中身を調べたところで、私は改造計画を練った。まずワードローブの少なくとも三分の二は処分する。三着のうち二着は手ばなすということ。これは「ワードローブの黄金律」だ。自分自身も含めて、これが当てはまらなかったことはない。とても全部は着られないほど服が増えてきた、毎朝着る服を選ぶのに難儀するようになったと感じたら、そろそろ黄金律を発動するタイミングだ。クローゼットの中身を三分の一に減らすと、着こなしの選択肢が二倍に広がり、服選びの時間が半分に減る。ハイスクールで数学教師をしていた私が言うのだからまちがいない!

## ❀過去のおおいをはずす

エルが服を一着たりとも捨てられないのは、愛着が残っているからだ。このセーター、あの靴、そのパンツにそれぞれ思い出がある。クローゼットは彼女の年表のようなもので、中身のひとつひとつが人生の一ページなのだった。

ものをためこむ行動は、あとから学習することが多い。エルが子どものころ、生活はとても不安定だった。親が失業、転職、転勤を繰りかえし、いつ引っ越しになるかわからない。おとなになったいま、エルがものを捨てられないのは、「いつもそこにある」ものに愛着があるから。心もとない家族の歴史をつなぎとめる錨の役割を果たしているのだ。苦しい時期をそうやって乗りきるのは健全な反応だけれど、行きすぎると弊害が生じる。

エルにとって、ためこんだ服は自分の歴史そのもの。ものが呼びおこす思い出が大切だから、捨てるなんてできない。

「ものを手ばなすときの罪悪感がすごいの。自分が少しずつ切りとられていくような気がして。記憶をたどれるものがなかったら、私はどこに行ってしまうの?」

とはいえ現代社会では、人の本質は服装に表われるというのが共通の理解だ。ものと自分のアイデンティティを切りはなすのは、それに反することになる。それでも、ものとのつながりを断ちきればほんとうの自分が見えてくるはず。ものにしがみつくのは、むなしい心を満たしたいから。必要だと思いこんでいるものを手ばなせば、心の穴は埋まる。宗教やスピリチュアルの世界でも、ものへの執着から自由になることが、魂の悟りに到達する道だ。ごちゃごちゃした引き出しやクローゼットを整理するなんて、取るに足らないと思われるかもしれないが、達成感があるのは事実。その体験は、次の買い物のときにブレーキ役を果たしてくれるのではないだろうか。

思い出、経験、歴史……そんなものをすべてひっくるめたアイデンティティは、ものではなく、「私」を織りなす一本一本の糸にしみこんでいるのだ。エルはそのことを知る必要があった。生まれてからの記憶や経験のすべてが、いまのエルを形づくっている。

病的にものをためこむホーディングでは、捨てても困らないことを納得させるのが有効な治療法のひとつだ。たとえば新聞や雑誌を大量にためている人は、コンピューターで同じ情報にアクセスできるとわかれば、あっさり捨てることができたりする。エルの場合は、思い出をたどるなら日記や写真があればいいいし、誰かと昔話をすれば、微妙なニュアンスまでよみがえってくる。結局クローゼットにあるものはがらくた同然で、貴重なスペースだけでなく、人生もむだづかいしていることにようやく気づいたのだ。

私はエルを大きな鏡の前に立たせた。

「鏡をよく見てごらんなさい。そこにあなたの歴史がある。ものがあふれかえると、自分を見失うような気になるでしょう？　そんなときは鏡を見るの。いつでもあなたはそこにいるから」

## 夢や目標を服がじゃまする

エルのクローゼットには、思い出のある服だけでなく、「また使うかもしれない」服もたくさんあった。ほとんどがタグもついたままだ。ハイスクールで着たベルベットのロングドレス、バレエのレオタード、カーニバルで踊ったときに使った派手なジュエリー、実験のときに着る白衣……。ハワイで買った、フラダンス用の細い葉っぱのスカートまでとってある。本人は「いつか必要になる」と本気で信じているのだが、あいにくワシントンＤＣではハワイアンの催しはめったにない。

クローゼットには、「いつか着る」と思って二度と着ない服ではなく、毎日のように出番のある服を入れるべきじゃない？　それにはいまのライフスタイルに合った服を吟味して、そこからはずれる服は手ばなす必要がある。

エルは自分なりに分析してみた。これらの服は、人生の中途半端な面を象徴しているんじゃないか。たとえばフラダンスのスカート。なぜこれを捨てられないかというと、またハワイに行って料理を勉強したいからだ。タグもとってないエクササイズ用Ｔシャツは、ヨガを再開したい気持ちが残っている証拠。理想の男性とのデートに備えて買った「勝負服」に至っては、お披露目の機会すらなかった。仕事のかたわら学校に通い、その合間につまらない男と手あたりしだいにデートしていたら、「理想の男性」探しの時間も気力もなくしてしまったのだ。

着ない服や使わないものをクローゼットから処分するうちに、エルはいろんな発見をした。それは、忘れてはいないけれど長年遠ざかっていた趣味であり、ひそかに抱いていた夢であり、心の底にしまいこんでいた希望だ。考えたくないこと、思いだしたくない記憶は、無意識の領域に押しやられる。彼女のクローゼットには、不完全燃焼の経験やつらい思い出を象徴する服がしまいこまれている。それはまさにエル自身の無意識だった。

精神分析のセラピーでは、無意識の領域にあるものを解放して、そこから生まれる葛藤を解決することをめざす。エルも意識の奥底にしまいこんでいたことを掘りだし、その内容をじっくり見つめて、心の葛藤を解決しなくてはならない。そこで彼女はヨガ教室に入り、ハワイに行くための積立を始め、クローゼットから見つけだしたとっておきの服を着て写真を撮り、婚活サイトに登録した。同時に、いらない服を処分するために用意した巨大なゴミ袋も少しずつふくらんでいく。とっくに関係の切れた友人や、世を去った家族への心残りも薄れて、過去に執着しなくなった。昔の服にしがみつかなくても、自分の人生はうまく回っていることに気づいたのだ。

## 今度はあなたの番

あなたのクローゼットにも、無意識が詰まっているかも。思いきって、中身をひっぱりだしてしまおう!

ものはものでしかないけれど、記憶や感情がくっつくことで意味が生じる。ただし、くっつけた感情を引きはがすこともできる。エルのように、大切な思い出や人と結びついているものを抱えこんでいる人にとって、それを処分することは、自分の一部が切りとられるのと同じこと。でも、そんな感傷こそが片づけの最大の敵だ。クローゼットを思い出記念館にしたくなければ、ほかの手段で残すことを考えよう。

エルは写真もたくさん保管していた。写真を見れば、そのときの状況やいっしょにいた人のことがすぐによみがえってくる。写真に思い出を託すのは良い方法だ。

ならば思い出の服も写真で残すことにしよう。写真なら場所もとらない。服の一部を切りとってキルトにするのもいいけれど、やりかけのキルト作品がクローゼットに眠っているような人はだめ。想像力を働かせれば、ほかにも方法はたくさんある。

満杯のクローゼットを見るたびに思いだすのは、ディケンズの小説『クリスマス・キャロル』だ。お金は人生に喜びをもたらすためにあるのに、主人公スクルージは金の亡者になってかえって不幸になっていた。ダライ・ラマも、あらゆる執着をなくさないと平明の境地に到達できないと説いている。

もちろん、どんな規則にも例外はある。これだけはどうしても捨てられない——そんな品をしまうための宝物箱をひとつ用意しておくといい。シールやラメで思いきりデコレーションすると楽しい。でも宝物箱に入りきらないものは、きっちり処分すること。これは子どものお片づけにも威力を発揮する。宝物箱があふれてきたら、中身を整理して捨てるものを選ぶのだ。

さらには学校の勉強から人づきあい、割引クーポンまで、このテクニックは応用範囲が広い。

人生はシンプルな状態を保っておけば、自然と良い方向に進むのだ。

いつか必要になるかもという理由でクローゼットに残している服があるなら、それを手ばなすのはいま！　世間で語られる片づけの極意は山ほどあるけれど、「一年間出番がなかったものは捨てる」のは賢明なアドバイスだと思う（冠婚葬祭に使うものは除く）。エルのようにクローゼットが悲惨なことになっている人は、ワードローブとライフスタイルがきちんと連動しているかどうか考えたほうがいい。子どもがすっかり大きくなったいま、マタニティウェアは必要？　私の母は新生児用のきれいな服やおもちゃをたくさん取っているけれど、私たち子どもはまだ独身の者もいたりする。ごめんね、母さん！　母のコレクションは、一人前に成長した子どもたちをふたたび巣に呼びもどしたい願望が形を変えたものなのだ。

ワードローブとライフスタイルがずれていることに気づいたら、その理由を掘りさげてみよう。いつかテニスをやってみたい、タンゴを踊れるようになりたいという願望が潜んでいるかもしれない。ほこりまみれの真っ赤なドレスは、理想の男性との胸ときめくデートのため？　身体も動かさず、ファストフードをせっせと食べている生活なのに、二〇年前の二四インチのジーンズが入ると思う？　カシミアのアーガイル柄のセーターは、五年間つきあった恋人に振られた日に着ていたもの。そろそろ新しい恋を見つけてもいいころ。だったらセーターにも新しい持ち主を見つけてあげよう。

この掘りさげ作業をしていると、喪失感、後悔、自己嫌悪、絶望感といった強烈な感情が押しよせることがある。でもそれは自然なこと。湧きおこる感情を素直に受けとめて、そこから前向きな変化を起こすきっかけを探そう。いつか着るかもという服があるのは、人生で未解決の部分が残っている証拠だ。それに気づいたときが、変わるとき。服が語りかけるささやきに、耳をすませてみよう。

## 人生のアクションプランをつくる

エルと同じ悩みを持つ人に、試してもらいたいことがある。それが人生のアクションプランづくりだ。目の前にあふれかえる服の山から希望が生まれるかもしれないし、過去への執着に別れを告げられるかもしれない。アクションプランを練ることで、人生の大切な思い出のしまい場所がクローゼットからあなた自身に移る。記憶をものに投影するのではなく、内面化するのだ。

アクションプランづくりは、家のなかの静かな場所で落ちついて始めよう。家族、友人、趣味、勉強、信仰、伴侶、仕事など、人生のいろんな側面から、もっと良くしたい領域を三つ選ぶ。それぞれについて目標を決め、それを具体的な行動に切りわけて実践していこう。一週間ごとに、うまくいったこと、思うようにできなかったことを振りかえる。目標に近づくための新しい行動を追加してもいい。このアクションプランは「まず行動ありき」なので、先まわりしていろいろ考えすぎる人、変化を起こしたいのに腰が重たい人にはぴったりだ。

エルの場合、改善したい三つの領域として選んだのは仕事、対人関係、趣味だった。

まずは仕事だ。エルの目標は、自分を高めること、マインドフルに働くこと、人びとの健康に貢献すること。これを実現するには、健康支援センター、代替医療、スパあたりで働くのがよさそうだ。保健関係の知識不足を補うために、オンライン講座や地域でやっている無料セミナーも受けることにした。求人がないか電話で問いあわせ、履歴書を送る。講座に通い、自分のウェブサイトも立ちあげる。目標実現のためにやることはたくさんあった。

次は対人関係だ。エルと私は、人生第二ラウンドの対人関係をどうするかというソーシャル・カレンダーをつくった。エルがめざすのは、人づきあいをもっと活発にして、恋人もつくること。そのためには友人をランチに誘ったり、地元のイベントに顔を出して知りあいを増やしたり、恋人探しのサイトにプロフィールを登録したり、自宅のディナーに招待したりと、いろんなアイデアが浮かんできた。

最後が趣味。エルが好きなものは、おいしいもの、花、アートだ。幸いなことに、どれも対人関係のアクションプランとよくなじむ。友人やきょうだいを誘って高級食品店やギャラリーめぐりをしたり、デートのときに花屋に寄ったりすれば、趣味と対人関係が同時にこなせて楽だとエルは気づいた。

アクションプランができたら、それに合うワードローブ選びが待っている。三つの領域の活動それぞれにぴったりの服を、クローゼットからひっぱりだそう。毎週決めた活動ごとに、どんな格好をするか考えるのだ。何か足りないと感じたら、そこで買いたせばいい。

エルも仕事の面接、イベント、友だちづきあいといった活動のたびに、どんな格好をしようか考えるようになった。もともと充分すぎるくらい準備をするのが好きな性格だ。私はエルに、考えた服装を紙に書きだして、クローゼットの扉の内側に貼っておくことを提案した。

エルはあれこれ服装を考えながら、クローゼットに眠っていた新品の服からタグを切りとり、反対に活動に「ふさわしくない」服は奥にしまいこむようになった。願望と現実の歯車がうまく噛みあうようになってきたのだ。長いあいだ望んできた人生がようやく始まった——すべてはクローゼットの扉を開けるところから始まった。

ワードローブ改造もいよいよ終盤戦に入り、いらなくなった服を処分しなくてはならない。心理的にいちばん抵抗が大きい作業なので、人生の新たな可能性が開けて、気力がみなぎるまで取りかからないほうがいい。心身の準備が整ったら、次に紹介する「二〇のステップ」を活用して片づけを開始だ。

私はエルにはっぱをかけた。「さあ、これからが最大の山場よ。あなたの心とクローゼットにたまっているドロドロを一掃するの。そもそも、どうしてクローゼットがこんなことになったと思う？　これをどうやってすっきりさせればいいかしら」

こうした疑問に答えを見つけ、新しい人生とワードローブのプランを描きだすために、エルに少し時間をあげよう。

# 自分とクローゼットをすっきり片づける二〇のステップ

このステップは、いままで担当したクライアント全員が成功した方法だ。ひとりでやれるのが最大の利点だけれど、応援してくれる友人や家族がいればなお心強い。

すべてのステップは一～二日以内に終わらせること。クローゼットをからっぽにして中身を整理するのに四時間。必要な買い物をして、服を整理してクローゼットにしまうのに四時間というのが目安だ。あれこれ考えすぎず、捨てると決めたものはすぐに処分する。治ったかさぶたは一気にはがさないとよけいに痛い。

**1. 場所をつくる**

クローゼットの服を全部出せる場所をつくる。いちばんいいのはベッドの上。家じゅうが散らかりまくって場所がないときは、友人や家族にお願いして場所を借りる。提供者に悪いから作業もはかどるはず。

**2. からっぽにする**

クローゼットをからっぽにする。ハンガーにかかっている服だけでなく、引き出しや衣装ケース、段ボール箱の中身も全部出す。スポーツウェア、パジャマ、下着、靴下、靴、アクセサリーはあとで整理するので、とりあえず別にしておく。

**3．分類する**

出した服をトップスとボトムスに分ける。シャツやセーター、ブレザーはもちろん、コートやドレスもトップスに入れる。パンツ、短パン、レギンス、ジャンプスーツはボトムス。

**4．ねらいを定める**

トップスとボトムスのどちらから始めるか決める。山が小さいほう（ふつうはボトムス）が作業が楽だし、挫折しにくい。

**5．ゴミ袋の配置**

処分する服を入れるための、大容量のゴミ袋を用意する。

**6．ボトムスを選別する**

流行遅れのもの、汚れや破れがあるものは問答無用でゴミ袋行き。着心地が悪いもの、丈がぴったりでないものも同様。残ったボトムスは最初の場所に置いておく。まだクローゼットにはしまわない。トップスの選別をしたあと、もう一度ボトムスの山に戻るので。

## 7. トップスを選別する

ボトムスのときと同様、汚れたり破れたりしているものはゴミ袋に入れる。古くさいもの、サイズが小さすぎたり大きすぎたりするものは？　はい、ゴミ袋。こちらの山も、二回目の選別に備えてとりあえず最初の場所に置いておく。

## 8. 評価する

残ったトップスとボトムスを全部並べてみる。ジーンズや白のボタンダウンシャツといった基本アイテムはちゃんとそろってる？　トップスとボトムスの色、素材、スタイルは調和してる？　ワードローブ全体を貫くテーマに合わないものは、ここで取りのぞいてしまおう。

## 9. 下着と小物を選別する

靴下、ショーツ、ブラジャー、ガードルが入った引き出しのなかから、汚れているもの、破れたもの、身体に合わないものを捨てる。着たことがないものも、ここでさよなら。

## 10. 下着の機能を考える

ワードローブから必要な下着を逆算する。チューブトップが好きで何枚も持っているのに、ストラップレスブラがゼロなんてありえない。次の買い物でまっさきに手に入れよう。タイトなパンツが好みなら、オバさんパンツはいただけない。Tバック、シームレス、ボクサーショーツをどうぞ。

## 11. その他

靴下、ナイトウェア、スポーツウェアもルールはいっしょ。着たことのないもの、着る予定のないもの、ほかの服との組みあわせができないものはゴミ袋に入れてしまおう。

## 12. アクセサリー類

最後に取りくむのは、アクセサリー、スカーフ、帽子、靴などの小物だ。選別した服との相性を見るために、実際に合わせてみよう。色や形がどの服に合わせてもおかしくなく、価値の高いものは残す。使いこんだもの、流行遅れになったものは処分しよう。

## 13. 二回目の検分

ここまでが第一ラウンド。でもまだ終わりじゃない。さっそく第二ラウンドに入ろう。服や小物のよりわけを最初からやってみる。難しいと感じたら、一〜二日離れて冷静になろう。この段階に来たら、おしゃれな友人に協力を仰ぐのもいい。

### 14. 試着タイム

人形の着せ替えが大好きだった人にお勧めのステップ。選びおわったものをあれこれ組みあわせて、ミニファッションショーを開催するのだ。友人もご招待しよう。手持ちの服でどれだけスタイリッシュな装いができるか、センスの見せどころ。好感度の高いコーディネートは写真かメモに記録しておこう。そのうち、これが選別の第三ラウンドになっていることに気づくはず。

### 15. 確認

ここまで順調に作業が進んでいれば、ワードローブはすでに半分以下に減っているはず。手持ちの服の三分の二を処分する目標は達成された。これまで私が担当したクライアントは、ひとり残らずこの目標をクリアしている。サイズがぴったりで、わくわくする色がそろっていて、いまのライフスタイルに役に立って、女っぷりが一段上がった気になる服だけを残したら、自然とそうなるはず。

## 16. 空白を埋める

選別が終わって、不要な服を処分したら、空白を埋めるための買い物をしてもかまわない。スーツでもブーツでも、これと思うものを厳選しよう。でも忘れないで。これからは新しいものをひとつ買うたびに、クローゼットにあるものを三つ捨てること。

## 17. 収納する

収納は、いまのクローゼットのスペースや引き出しだけで、充分まかなえるはず。クローゼットに残っている服や靴の箱、ビニールカバー、ブランドの紙袋とかは全部捨てる。新しく収納用品を買うのもだめ。入れる場所があると、ものが増えるだけだ。しまうときは、季節やカテゴリー別に分類してから。私の場合、暖かい季節のトップスとボトムス、寒い季節のトップスとボトムスに分けている。靴は茶と黒が基本で、それぞれデザイン別にクラシック、トレンディ、ファンシーに分類する。あとはサンダルとフォーマルだけ。

## 18. 修繕の手配

家族や友人、インターネットの地元情報で、信頼できるクリーニング店と、上手にお直しをしてくれる店を見つけたら、先のばしにしないですぐに手配をする。

19. **楽しむ**

すっきり片づいたクローゼットを眺めて、達成感と喜びにひたる。

20. **維持する**

継続は力なり！

## おしゃれもすっきり

不要なものをためこんで、収拾がつかなくなっているのは、家とかクローゼットだけ？　あなた自身のおしゃれも、ジュエリーやアクセサリーをつけすぎて満艦飾になってないだろうか。

### ジュエリー

テレビ番組〈リアル・ハウスワイブズ〉には、ジュエリーごてごての見本がこれでもかと登場する。なにしろ、ダイヤモンドびっしりの腕時計、イヤリング、ブレスレット、ペンダント、チェーン、指輪、足指にトウリング、おなかにピアスをいっぺんに全部つけているのだ！

戦利品を自慢する海賊じゃあるまいし、なぜぎらぎら飾りたてるのか？　それはもちろん、気分がいいからだ。ひとつでは飽きたらず、たくさんつけるほうがもっと気分がいい。ジュエリーは完全に趣味のものだ。生きるために不可欠というわけでもなく、むしろ退廃的な喜びゆえに、熱中せずにはいられない。チョコレートケーキをホールで食べるのと同じで、悪いとわかっているから楽しいのだ。それと同時に、不安な気持ちを隠して虚勢を張るためでもある。ジュエリーできらびやかに飾りたてれば、やりたい放題の魅力的な成功者に見えるでしょ？

そういう人は、服装や場面に応じたジュエリーの選びかたがわからない。だから全部つけるか、まったくつけないかの両極端になる。どちらもスタイリッシュな装いとはほど遠い。おもしろみのない服も、ジュエリーひとつで表情ががらりと変わるのに。ジュエリーをつけるときのコツは「バランス」だ。

## 服とのバランス

存在感たっぷりのジュエリーは、シンプルな服と合わせる。反対に大胆なデザインの服には、控えめでシンプルなジュエリーを。二連、三連になっているレイヤードのネックレスは、シンプルなボディコンシャスドレスやシャツにつけると映えるけれど、襟元が装飾的なデザインの服だとうるさくなる。

**ほかのジュエリーとのバランス**

個性が強く存在感のあるステートメント・ジュエリーをつけるなら、主役はあくまでそれだけ。少なくとも同じ場所にほかのジュエリーを追加しない。ゴージャスなシャンデリア・イヤリングのときは、ネックレスはなくてもいい。バングルをいくつも腕につけたら、大ぶりの石を使ったカクテルリングは省略する。

**合わせわざをねらう**

おとなしめのジュエリーなら、二つ以上つけてもかまわない。でも同じデザインのネックレスとイヤリング、ブレスレットをセットでつける時代はもう過去のもの。異なるテイストのジュエリーを組みあわせるほうがいまっぽいし、若々しさと個性が表現できる。

## 小物類

小物の盛りすぎも、ファッションで陥りやすい罠のひとつ。スカーフ、ハンカチ、じゃらじゃらしたベルトやチェーン、サングラス、ヘッドバンド、ヘアタイ、凝った飾りのついた靴……これらを全部つけたら、目も当てられないことになる。でもひとつひとつを効果的に使えば、着る人のセンスが光るにくいアクセントだ。小物類が過剰だと、そこにばかり目が行ってしまい、全体を見てもらえない。小物はファッションの仕上げであって、競争相手じゃないことを覚えておこう。

小物の使いすぎは「おばかさんのやること」というのが、うちのおばあちゃんの助言だ。小物は少ないのが正義。足し算ではなく引き算で考える。ジュエリーのときと同じく、決め手になるひとつでアクセントを効かせるといい。

複数使いたいときは三つまでにする。もちろんバランスも考えて。靴が装飾的だったら、ベルトはシンプルなメタリック、サングラスはゴールドのアビエーター。模様入りをひとつ使うときは、残り二つは無地のものを。色が強烈なものには、中間色を組みあわせる。ジュエリーをつけるときは、小物はさらに控えめに。その逆もある。ファッション雑誌のグラビアや、好きなデザイナーのウェブサイトで研究しよう。

## ハンドバッグ

トートバッグ、ダッフルバッグ、ハンドバッグ……女はハンドバッグの泥沼にはまりこむ。そのうえ中身も詰めこみすぎ。ママさんならベビー用品、キャリアウーマンなら仕事のファイルと、どうしてもはずせない荷物はある。それでも削れるものはないか考えよう。家に取りに帰れるものは、朝から持って出る必要はない。夜ちょっとお出かけするだけなのに、おむつ交換セットを一式持っていくこともないだろう。

バッグのなかがキャンディの包み紙、レシート、スカーフなんかでごちゃごちゃしていると、目当てのものを見つけるのに時間がかかる。週に一回、曜日を決めてバッグや財布の中身を総ざらえしよう（私は日曜日にやっている）。

クローゼットや車に入りきらないものが、バッグにしのびこんでいることもある。ものであふれかえる生活のなかで、ハンドバッグも収納場所になりさがっているのだ。それではいけない。幸いなことに、ハンドバッグは整理が簡単だ。これがうまくいけば、ほかの片づけにもがぜんやる気が出て、人生が前向きに変わるかもしれない。ぜひハンドバッグをきっかけづくりにしよう。

バッグの整理も、クローゼットを片づけるときと同じ。まず、毎日かならず出して使うものを選びだす。財布、携帯電話、鍵、最小限のメイク道具、ペン、手帳、仕事のファイルといったところか。あとは全部、なくてもいいものだ。スペースを占有する価値がある？　なくても困らないし、かえって荷物が軽くなってよいのでは？　そんな視点でふるいわけていこう。

バッグをいくつもさげている女性はカッコ悪い。複数持たなくてはならないときでも、せいぜい二つまで。組みあわせも重要だ。やわらかい中間色のレザーのサッチェルバッグには、カラフルなカンバス地のバッグを合わせる。財布とハンドバッグとトートバッグを完璧にそろえる必要はないけれど、ちぐはぐなのもよくない。色と素材がぶつからないものを選ぶ。

最後に、バッグの大きさだ。体格とのバランスをよく考えて。小柄な人が大ぶりのハンドバッグを引きずるように持っていたらこっけいだし、大きな女性にちっちゃなクラッチバッグだと体格が強調される。

## 引き算の美学

服、ジュエリー、小物類は、装う人の内面を高めるものであって、隠したり、ごまかしたりするものではない。だから気にいったものを厳選して使い、あとは手ばなしてしまえばいい。お気にいりといえども、全部がぴたりとはまるわけではない。それでも色が青系などの同系統だったり、補色の関係だったり、あるいはサファリ調、アール・デコ風で統一がとれていれば、相性は悪くないはず。迷ったらテレビやファッション雑誌、ウェブサイトを参考にしたり、友人に見てもらったりしよう。ワードローブを構成する服、ジュエリー、小物類、バッグのバランスがよければ、一本筋の通ったスタイリッシュなコーディネートが完成する。そうなればひとつひとつのアイテムではなく、あなた自身が強く印象に残るはず!

## マイ・ストーリー

休暇を異国のリゾートで過ごす人もいるけれど、私がやるのはクローゼットの大整理だ。着ない服が積みあがる深い谷に分けいり、けだものと戦って、最後まで生きのびる冒険は何物にも代えられない。足の踏み場もなかったクローゼットがすっきり片づき、スペースに余裕ができて、色、デザイン、機能別に分類された服が整然と並ぶ。奮闘の成果を眺めて、満足感と幸福感にひたるのだ！

片づけをするといろんな発見がある。自分が何を持っているかもそうだけれど、実際にはほんの一部しか使っていないことに気づかされる。組織論を読むのが好きな人なら、80対20の法則、別名パレートの法則を聞いたことがあるだろう。結果の八〇パーセントは、二〇パーセントの原因から生じるというやつだ。これをワードローブに当てはめれば、二〇パーセントの服だけで八〇パーセントの時間を過ごしていることになる。

実際はどうなのか、確かめる方法はいろいろある。一度着た服はハンガーを逆向きにしてしまうようにすれば、全体の何割が活用されているか一目瞭然だ。私は着たあと裏返しにしておいて、週末にチェックするようにしている。

いらないものをよりわけて、処分して、整理しなおす作業ほど、人生をコントロールできていると実感できるものはない。少ないものでやっていく生活は、選ぶのも簡単で心が乱されない。手元にある服は「まちがいのない」ものだから、着こなしの失敗が少ないし、「着ていくものがない」と困ることもない。

カリフォルニア州ニューポート・ビーチで、働きながら大学院で勉強していた一年間を思いだす。三時間かけて職場に出勤し、神経をすりへらしながら患者と向きあい、がらんとした部屋に帰れば学位論文の執筆が待っている。心身ともにへとへとの生活で、唯一の救いが掃除と片づけだった。自分の内面はぐちゃぐちゃでも、整然と片づいたクローゼットがよりどころになったのだ。静かな夜にクローゼットの中身を全部広げ、選別し、いらないものをどけて、またしまう。これでワードローブは半分になった。扉がきちんとしまるがらんとしたクローゼットは、へとへとに疲れてすりきれた私にいっときの安らぎを与えてくれたし、肩にのしかかる重圧も少しだけ軽くなったような気がした。

　ゆううつな一日の始まりや、息つくひまもなかった午後の終わりに、クローゼットはほっとできる場所でなくてはならない。郵便物がたまって、シンクにお皿が山積み、犬の散歩や子どもの食事に追われているときでも、クローゼットだけは自分だけの大切な空間だ。掃除しなきゃ、片づけなきゃ、最近ちっとも趣味をやってない、ダイエットしなくちゃと焦りを感じたり、戻れない過去にとらわれたりするところではないはず。愛用するものに囲まれて、きれいな自分を実感し、人生に自信を持てる場所、それがクローゼットだ。

## ホーディングのまじめな話

ゴミやガラクタなどをためこんでしまうホーディング。ものを所有することへの執着が強すぎて捨てることができず、家のなかや周囲にゴミが積みあがって大変なことになる。ホーディングに陥った人は整頓ができないし、現状を変えたがらない。片づけに関して完璧主義者で、人づきあいもしない。ガラクタが価値ある大切なものと信じこみ、いつか必要になると思ってどんどん集める。ものをためこむことで、安心感を得ている面もある。

ホーディングは思春期に始まることが多く、年齢とともに悪化する。最初は片づけがへたとか、ものを捨てられないといった程度だが、中年期まで続くと自宅は立派なゴミ屋敷と化している。その根本原因はまだわかっていないが、家族歴を見るとやはりホーディングをしていた人が多いので、遺伝的要因も考えられる。さらにストレス、近親者の死、別離、自然災害などがきっかけになることもある。

アイオワ大学の神経学チームが二〇〇四年に行なった研究では、ものを手に入れたい、保持したいという欲求には、脳の前頭前皮質が関わっていることがわかった。この領域を損傷すると、欲求がコントロールできなくなり、収集やためこみ行動が暴走するのだという。

身近にホーディングをしている人がいたら、まず行政に連絡しよう。ゴミの片づけや精神面のケアをどうすればいいか相談にのってくれるはずだ。

第三章

# 私はゾンビ

無難の殻を破りたい

# 胸おどる何かがほしい

ゾンビは私たちのまわりにたくさんいる。うそだと思うなら、ラッシュアワーのビジネス街、昼間の地下鉄、土曜日のショッピングセンターに行ってみたらいい。みんな死人みたいに表情の抜けおちた顔で歩いているから。

気持ちが浮きたつようなことが何もない――人生にはそんなときもある。ストレスや緊張から解放され、平穏無事なのはありがたい。でも毎日がのっぺりと平板で、区切りもなく流れていくのはつらいものがある。今日（今週、今月、今年）何をしたか思いだせないような人生になっているのでは？　先の見えない航海を続けるには、人生はあまりに短い。

退屈な人生は見た目にも表われる。いい年齢なのに髪はポニーテールかお団子のまま、服はしわくちゃでモノクロかくすんだ中間色ばっかり。靴はきやすさ最優先で汚れっぱなし。アクセサリー、それ何？　よどんだ内面がそのままワードローブに反映されているわけだ。

ほんとうはあなただって気づいている。自分がゾンビなのは、グレー、白、黒しかないワードローブに生気を吸いとられているからだと。無難なパンツスーツと白のボタンダウンシャツ、カーキパンツとポロシャツばかりでは、起きていても眠っているのと同じ。心拍数も低下するいっぽうだ。退屈で、無頓着で、工夫も冒険もないワードローブ。そんなファッションを誰がまねしたいと思うだろう。ほかの人のファッションとくらべて自分が味気ないと感じたら、ワードローブにアドレナリンを注入する必要がある。

こうした「おしゃれ障害」の泥沼にはまっている人は、実はとても多く、一種の軽い抑うつ状態だと私は考えている。そこから自分をひっぱりあげるには、何か行動を起こさなくてはならない。

**ゾンビ判定チェックリスト**

- □ 着る服はいつも同じだ。
- □ クローゼットには似たような服が何着もある。
- □ ワードローブはベーシックな服ばかりだ。
- □ 飾りがついた服はほとんど着ない。
- □ 中間色の服が多い。
- □ 靴は色も形もベーシックなものだ。
- □ ジュエリーはほとんど、あるいはひとつも持っていない。
- □ ショッピングに行くと、もう持っているような服を選んでしまう。
- □ ショッピングは創造的な活動というより義務に近い。
- □ 服を買うのは、ハダカというわけにいかないから。
- □ ファッションなんてばかげていると思う。

□どんな場面でも同じスタイルの服を着ている。
□朝、着る服を決めるのがめんどくさい。
□お出かけ前に服を選ぶとき、わくわくしない。
□みんな自分と似たりよったりの服を着ていると思う。
□毎日が決まりきったことの繰りかえしになっている。
□変化のない今日がなんとなく明日に続いている。
□胸がわくわくするような楽しみがない。
□こんな生活を変えたいけれど、気力も体力もない。
□大胆な服を着てみたいけど、変化を起こす勇気がない。

「はい」が半分以上だった人は、ワードローブも自分自身も生命力が枯渇している。そうなってしまった理由を振りかえり、解決策を探っていけば、ワードローブにもあなたにもわくわく感がよみがえるはず。

case study

## 人生が息を吹きかえした サラの話

サラも服装に無頓着だったが、クローゼットと自分自身に生命を吹きこむために勇気を振りしぼった。最初に会ったときのサラは、ストレスまみれで気持ちが沈みきっていた。新卒で採用された就職先は、給料こそ悪くないがやりがいはない。友人たちと遊びに出かけても楽しくないし、「五キロやせる！」という新年の誓いは三年目に突入していた。長年の恋人との関係が順調なのは唯一の救いだ。それでもサラは、失敗を恐れて無難な選択ばかりしてきた自分に気がつき、ワードローブにも人生にもうんざりしていた。

「鏡を見ると、よどんだ退屈な女が映っているの。服への情熱がすっかりなくなって、どうしたらいいかわからない」

さっそく翌日、サラのアパートメントを訪ねてみた。ワードローブが色あせていったのには、何か理由があるはず。根本的な原因は、完璧主義からうつ病までいろいろ考えられるけれど、地味な服ばかり着る自分がみっともなく思えて、きれいにしようという気力が失せ、ますます地味な服しか買わなくなるという悪循環だ。〈ヴォーグ〉のグラビア並みのコーディネートができないのなら、がんばっても意味はないとあきらめる人もいる。

サラの家に入ると、そこは茶色と白だけの世界だった。風変わりな小物とか、目を惹くポップな色とか、時代を感じさせるもの、個性やアイデアを発散しているものがひとつもない。クローゼットも同じぐらい退屈であることは、簡単に想像がついた。

クローゼットの扉を開けると、思ったとおり。パンツはグレーか黒、Tシャツは黒か白、靴もサンダルも茶か黒、ベルトも茶と黒。コーディネートの構成には基本アイテムが大切だけど、サラのクローゼットにはそれしかない。きれいで華やかなものはどこに？

サラの「おしゃれ障害」はかなり深刻だった。こんなワードローブで、踊りに行くときはどうするの？　サンデーブランチは？　華やかな飾りのついた服はないの？　ハイヒールは、ラップドレスは？

「サラ、これを見てどう思う？」

「退屈きわまりないわ」

「クローゼットを開けたとき、どんな服があるとうれしい？」

「若々しくて、新鮮で、生きてるって感じの服がいい。でもいまはそうじゃない」

「そうね。それじゃ、どうしてこうなったと思う？」

サラはちょっと考えてから口を開いた。「いまは頭を使わなくていい、安易な服ばかりになってる。これまでとくに気にしてなかったけど、自分の外見に気をつかわないし、工夫もしない人みたいで恥ずかしい」

「それは、外見のことに費やす時間もエネルギーもなかったから？　それとも、時間やエネルギーはあるけど使いたくなかった？」

「私は怠け者なのよ。らくちんがいちばんなの」

「それなら、どうして私のところに来たの？」

サラは話を続けた。友人と出かけると、自分だけダサくて引け目を感じる。職場では壁の色と完全に同化してる始末。彼とのデートでも、かわりばえしない格好ばかりだ。それでも服のことだけなら、カラフルなトップスやワンピース、目を惹くネックレス、流行を意識した靴やベルトを買えば解決する。サラは自分のワードローブに飽き飽きしているというけれど、問題はそれだけではなさそうだった。

「サラ、自分のいまの服装はどんなメッセージを発信していると思う？」

「メッセージなんてないわ。中身はからっぽよ」

「それは、あなた自身がからっぽということ？」

「うーん……たしかに惰性でこなしてる部分もある。でもそれではいけないとか、変わらなきゃとかは思わないのよね。人生にちょっとした刺激があればいいだけ」

「だいじょうぶ。ワードローブだけじゃなくて、人生にもちょっとした刺激が生まれる方法はあるわ。さっそく始めましょう」私はサラに言った。

## 惰性の心理学

予測のできない、ストレスの多い状況で生きていると、予定どおりに行動したり、習慣を続けることに安心感を覚える。混沌とした世界を渡っていくためのよりどころになるからだ。メンタルヘルスの現場でも、治療の一環として決まりごとをつくることがある。一日一回、リラクゼーションの時間を設けるとか、週に一回は夜にお出かけする、月に一回は遠出をするといったことだ。これを守ることが、病気を治し、通常の生活に戻る重要な足がかりになる。

同じ行動を何度も繰りかえしていると、脳内でニューロンの経路ができて信号が伝わりやすくなる。山道を考えればわかりやすい。最初は石ころだらけで、落ち葉が積もり、草におおわれていた道も、何度も通るうちにきれいにならされて、歩きやすくなる。それと同じで、ひとつの行動を反復することで脳内の信号伝達が速くなり、どんどん行動が楽になるのだ。

信号がすいすい伝達されるのはいいが、それと引きかえに興奮とかやる気は薄れる。それが惰性ということ。でも新しいことが加われば、惰性から抜けだせる。ニコ・ブンゼクとエムラー・ドゥゼルが二〇〇六年に行なった研究では、脳の報酬回路に関係している黒質と腹側被蓋野は、未経験のことに触れたとき活発になることが確かめられた。脳は新しいものに飛びついて、報酬を得ようとするつくりになっているわけだ。惰性に陥ったサラのワードローブも、何か新しいことを導入すれば打開できるはず。ファッションは最高の脳トレなんだから！

## 治療開始

まずサラの生活を把握するために、彼女のカレンダーを眺めた。仕事、エクササイズ、友だちづきあい、恋人とのデートで予定はぎっしり埋まっている。どこから手をつければいいのやら。

「サラ、充実したすばらしい毎日ね。ここに新しいことをいくつか加えたいんだけど、変えられることってある？」

「うーん、私はいつもどおりがいい。毎日あわただしいから、同じ場所で同じことをきっちりやれるとほっとするの」

「たとえばどんなこと？」

「いっぱいあるわよ。近所にある小さなイタリアンの店で、週に一度はロブスターのラビオリを食べる。朝食はオートミールとコーヒー。ジョギングのコースも決まってる。新年はフォート・ローダーデールで迎えるのがならわしよ」

「習慣と日課の申し子みたいな人ね。でもワードローブには不満なんでしょう？　ルーティンだらけの生活に、ほんとうに満足できてる？　どれだけたくさんの日課をこなしているか、自分でわかってる？」

「たしかに、同じことの繰りかえしが好きなのは昔から自覚してたけど、こうやって話しているといろいろ見えてくる。本音を言えば、決まった型からはずれた人生なんて考えられない。変わったほうがいいのかなと思っても、これまでどおりを続けるほうがはるかに楽だし。ワードローブはそれが露骨に出ているし、いやでも見ないわけにいかないのよね」

サラが負担に感じない程度に変えられる日課はないだろうか。最初はほんとうに小さなことでいい。毎朝のヘーゼルナッツ・コーヒーを紅茶かフルーツスムージーに変えてみる。朝食はオートミールばかりでなく、野菜オムレツにしたり、チョコチップパンケーキにするとか。ジョギングのコースをあと二つ増やしてみる。あるいは別のことで身体を動かす。ささやかなことだけど、新しいというだけでサラの脳内ではニューロンの活動がさかんになり、気分が上向きになるはず。

一週間後に訪ねると、サラは早くも変化に適応しつつあった。最初は抵抗があったけれど、やっているうちにおもしろくなってきたという。人生に変化をつけるといっても、なにも遠くに引っ越したり、転職したり、恋人を捨てたりする必要はない。ちょっとした変化にも、喜びを感じられるものなのだ。

サラは日常の変化を前向きに受けとめたことで、自分自身が変わり、成長していくきっかけをつかんだ。毎週のように新しいことに挑戦しはじめた彼女は、一年後にははるか遠くの島でケーブダイビングまでやってのけることになる。でもとりあえずは、私のところに駆けこんできたそもそもの理由――ワードローブ――をやっつけるのが先決だ。

「それじゃサラ、いまのワードローブについて考えてみましょう。変化をためらう人は、心の奥に恐怖心を抱えていることが多い。いまあるものを手ばなしたり、コントロールを失ったり、失敗したりするのが怖いのよ」

「うーん、なるほど。私の場合は、失敗するのが怖い。だから無難な服ばかり着てしまうって感じかな」

「変なコーディネートになるのが怖いのね。でもそう思っている人、世の中にはたくさんいるのよ」

どんな服をどう組みあわせて着るか。その選択が自然にできる人もいるけど、みんながみんなそうじゃない。それでもアドバイスをもらったり、練習したりして、自分なりに学ぶことはできる。私はサラとショッピングモールに出かけて、二つの観察課題を出した。ひとつはウィンドウに飾られた服を観察すること。もうひとつは、まわりの人の服装を観察すること。サラが怖いのは、冒険が必要な服を買ったり着たりすること。つまり自分の好みはあるはずで、それをはっきりさせるのがねらいだ。好みがわかれば、頭のなかで自分向きのコーディネートができるようになる。

この課題のもとになったのが、アルバート・バンデュラの社会的学習理論だ。人は自らの経験を通じてのみ学習するというそれまでの考えに対抗して、他者の観察でも学習できるとバンデュラは主張した。それが観察学習で、モデリングとも呼ばれるものだ。[*2] 服装選びの失敗が怖い人が不安なくコーディネートを学ぶには、観察学習がうってつけだった。

「さてと、ショッピングモールにやってきたわ。どんなファッションがあなたの目に留まるのか、ここで見ていきましょう。あなたの好みの傾向がわかれば、ワードローブでそれを再現できる」

人通りの多い中央ホールに私たちは陣どった。サラは習慣と日課の申し子らしく、モノクロでシンプルなものが好みのようだ。オーバーサイズ、エスニック、アバンギャルドといったひねりが入ると、さらに食いつきがよくなった。

「黒のボディコンシャスドレスにサイハイのスタッドブーツをはいたあの人、いい感じだわ。こっちの人は、白いシャツとジーンズにダイヤを合わせてる。パンツスーツにケープもかっこいい」

「わかった。シンプル&ポップが好みってことね。次はウィンドウショッピングよ」

私たちはブティックを何軒もまわり、デパートでは特売フロアにも行って、サラの好みの服を探した。意外なことに、彼女の目に留まるのはシンプルかつニュートラルだけど、個性や意外性が感じられるものばかりだった。

「サラ、どうしてこういう服を買わないの?」

「これが好き、あれが好きって言うのは簡単よ。だけどそれを手に入れて、自分で着るのはだめ。注目を集めたくないのよ」

## 自分の再発見

私たちはいよいよ買い物に取りかかった。基本アイテムはもう山ほどあるので、遊びごころがあるもの、クラシックだけどちょっとひねりが効いたものを選んでいく。

**買ったもの**

マルチチェーンのネックレス
ゴールドのハイヒール
タータンチェックのラップスカート
レザーのバイクジャケット
プリーツの入ったカフスシャツ
ロング丈でうしろだけフレアになったタイトスカート

**ワードローブから追放したもの**

細いボックスチェーンネックレス
ベージュのフラットシューズ
クリーム色のパシュミナストール
黒のフリース
白のボタンダウンシャツ
黒のAラインスカート

新しいアイテムを加えたコーディネートを、サラはすんなり受けいれることができた。あとは自分の選んだ組みあわせに自信を持ち、スタイリッシュな装いの反響——注目されること——に慣れることが必要だ。何度となく人目にさらされれば、抵抗感も薄れてくる。けっしてめだたず、まわりに溶けこむことばかり考えてきたサラも、ファッションの傾向を変えて、その結果を楽しもうという心境になってきた。

いよいよ新しい服装に移行するトレーニングだ。まずは手持ちの服でいちばんめだつ格好をして、中心部に向かう地下鉄に数駅乗る。それに慣れてきたところで、ワシントンDCの目ぬき通りをラッシュアワーに歩いてみる。めだつ格好でも気にしない。

「サラ、あなたは失敗したくない、いつも完璧な服装でいたいという気持ちが強すぎるの。だからおもしろみのない、無難な服ばかりになってしまった」私は言った。「でも、それって楽しい？ いまこそ自分が着たいと思うものを着るときよ。ちょっとぐらいしくじって、人から変な目で見られたからって、それでどうなるものでもない。笑われたっていいじゃないの」

「そうね。歩くのだって、何回か転んで覚えるんだもの」

「そのとおりよ」

まさにサラは、ファッショナブルなワードローブづくりを学んでいる最中だ。つまさきを水につけるばかりでプールに飛びこめない女の子、自転車の補助輪をがんとしてはずさない男の子を、親は励まし、ときに強い言葉でふるいたたせ、成長させる。サラも安全な場所に閉じこもるのをやめて、新しいことに挑戦するときが来たのだ。

生活習慣を少しだけ変えてみること、服装をちょっとだけ冒険すること。サラにはこの二つを一か月間実践してもらった。些細なことだけど、この試みが彼女の人生に火花を起こし、大胆な変化につながれば言うことなしだ。

「サラ、あれから一か月たったけど調子はどう？」

「いまのところすごく順調よ。自分自身への発見がたくさんあった。いままでは、何も考えずに習慣をこなしてるだけだった。どれだけ惰性に陥っていたか、無味乾燥なワードローブが気づかせてくれたの。ほんの少し生活を変えるだけで、型から抜けだすことができた」

「服装は？」

「リスク覚悟で自由に服を組みあわせるのは、すごく楽しい。思いきって冒険した日は、生きてる！って感じがずっと続くの」

ルーティンをつくってきっちり守ること、安全地帯を設けること自体はちっとも悪くない。誰でもやっていることだし、大きな安心感も得られる。ただ、変化がまるでない状態が長くなると、精神が停滞し、軽いうつ状態さえ引きおこしかねない。サラは自分の成長が止まっていることに気づき、勇気を奮いおこして行動を起こした。

価値ある人生は天から降ってこない。自分の行動で実現するしかない。海でおぼれそうになったとき、何もしないで波にのまれ、深みに引きこまれていく？　力が続くかぎり浮かびあがろうともがいてみる？　それとも波の力を利用して、陸に近づこうとする？

# 今度はあなたの番

## 自分を見つける

無難で退屈な服ばかり着ているあなたは、身を隠そうとしている。周囲から、そして自分自身から。服を着ることは、究極の「偽装」だ。真っ黒なドレスに白黒ストライプのタイツをはいて、黒いとんがり帽子をかぶればたちまち魔女になる。魔女の格好をしているのだから、この人は魔女にちがいないし、魔女の特性を備えているはずだと思われるだろう。人は見たものに対し、いちばん手軽な説明をくっつけたがる。だから見た目がそうなら、中身もそうにちがいないとイコールで結んでしまう。

素人オーディション番組〈ブリテンズ・ゴット・タレント〉で一躍有名人となったスーザン・ボイルをご存じだろうか。ぼさぼさの髪、げじげじ眉毛、やぼったいレースのドレスで舞台に立つ姿は、お世辞にもうるわしいとは言えない。才能なんてかけらもない、みじめでダメダメな女だと誰もが思うだろう。見た目と中身をイコールで結ぶわけだ。ところが彼女が歌いだすと、その美しい声に衝撃を受ける。こんな人が、なぜこれほどすばらしい歌を歌えるの？

サラは、見た目イコール中身にしたがる人間の思いこみを利用してきたと言える。職場の壁と同化する地味な服装をしていれば、まわりの人は彼女の外見だけでなく内面も素通りしてくれる。無難なワードローブは、内面の不完全さに気づかせない手段だったのだ。

欠点を隠したり、そこから注意をそらしたりするために服を選んでいる人は、内面の問題を片づけるほうが先決だろう。自分の個性を強調することが目的ならば、そのままでいい。要するに、見た目イコール中身の法則をうまく利用すればいいのだ。すてきな服をじょうずに着こなせば、中身もすてきな人だと思ってもらえる！

## 別の誰かになりたい私

街を歩けば、まわりはおしゃれでスタイリッシュな人ばかり。ふと自分の姿が目に入り、「うわっ！」と衝撃を受ける。スニーカーにスパッツ、長袖Tシャツというふいつもの格好で、ニューヨークの高級デパートに行ったときのこと。仕立ての良い服をきちんと着こなした女性たちに、自分の無頓着ぶりを見せつけられた。

これじゃだめだ。道は二つにひとつ。手ぬきコーデで自己満足するか、殻を破るか。貧相な格好でフィフス・アベニューを歩くのは罰ゲームでしかなかったが、がんばって観察してみた。カッコいいのに心地よさそうな服装の女性たち。多くが子ども連れのママなのに、自分を大切にして、おしゃれも妥協しない。ちっとも自分にかまってこなかった私も、ワンパターンの罠から脱却するために行動を起こすことにした。

いまの自分に飽き飽きしているのに、自分が何者なのかよくわからない――イケてる自己イメージを取りもどすには、まわりをお手本にするのがいちばん。私はスマホと財布をつかむと、フィールド調査の成果をもとに買い物を開始した。手ごろな値段のアイテムでも、スタイリッシュに変身することはできる。この日買ったのは、歩きやすいエスパドリーユとスプリングドレス、小さな麦わらのクラッチバッグ。翌朝、さっそく着替えてフィフス・アベニューにお出かけだ。おしゃれな自分の復活に、昨日の恥ずかしい体験がようやく報われた気がした。

二回目の「うわっ！」は、クリスマス休暇をマイアミで過ごしたときだった。まわりの女性たちが着るピーコックグリーン、フラミンゴピンク、オーシャンブルーといった色の洪水のなかで、中間色ばかりの自分の服装は浮いて見えた。ショッピングモールに行ってみると、ウィンドウにはカラフルな絞り染めの服が並び、ネイビーや白、コーラルといった色が踊っていた。応対する店員のコーディネートも大胆な色づかいで、アクセサリーもきらびやか、セクシーなシルエットがまぶしい。真っ白なタイルの床を得意げに歩く姿は、ファッションショーそのものだった。それにひきかえ私ときたら、オーバーサイズのカーキパンツに白のボタンダウンシャツだったのだ。

もともと明るい原色を着るタイプではなかった私だが、くすんだ中間色ばかりで人生の色どりも奪われていたようだ。そこでまずやってみたのは、明るい色を暗めの色と合わせることだった。マイアミなので、当然ビーチウェアからということになる。つまらないビキニのかわりに、オリーブグリーンとホワイトのストライプが効いたツーピースを手に入れた。上にはおるカバーアップはオリーブ色のペイズリー柄でビーズがついたもの。足元は小さなゴールドの飾りがついたサンダルにした。ペディキュアはあざやかなコーラル。たったこれだけで、自分の中身までカラフルになった気がした。

あなたの身近にも、いつもすてきな着こなしだなと思える人がかならずいるはず。にくらしいぐらいコーディネートが完璧な女性がいたら、敵に回すんじゃなくて、仲間になろう。私は演技を少しかじったとき、どんなキャラクターを演じても、自分のなかにその要素がかならず隠れていることに気づいた。悪だくみをする魔女からおすましプリンセスまで、役柄に合った要素を自分のなかに見つけだし、それを拡大していくのだ。

服選びでも同じことができる。おしゃれのお手本になる人を見つけて、好感が持てる部分をあぶりだそう。自分のなかにも同じ要素がかならずあるはずだから、それを育てるような気持ちで服装に反映させる。そこまで掘りさげなくても、お手本と同じことを試すだけでも充分だ。

## よどんだ私にさようなら

動くのは善、よどむのは悪。藻に埋めつくされ、蚊の大群が飛ぶ濁った池。それがよどんでいるということだ。子育て中の主婦でも、学生でも、キャリアウーマンでも、先の見えなかった状態がだんだん落ちついて、生活に一定の型ができるのはありがたい話かもしれない。ただ、そんな日常を続けていると、路線のちがう服を試したり、ファッションに磨きをかけるなんて、考えるだけでしんどくなる。子どもや仕事といった張りあいがなければ、なおさら同じ自分に安住したくなるだろう。

この章でめざしてきたのは、「さびついた自分のメンテナンス」だ。メンテナンスだから、あちこちいじったり、部品を入れかえたりする。その必要に迫られていなくても、積極的に刺激をつくり、変化を起こしたほうがいい。世間に出したい自分のイメージは、あっというまにお決まりのものになっていく。

人生にスパイスを効かせたくなったら、着るものからちょっと変えてみよう。冒険かなと思う要素をひとつ追加するのだ。私の場合は原色だったけれど、編みタイツに挑戦してもいい。新しいおしゃれでほめられたり、話が盛りあがったりして、想像もしなかったお誘いを受けるかもしれない。そこから人生が大きく変わることだってあるのだ！

ワードローブの見直しは、生きかたそのものにも広がっていく。ルーティン大好きで予想外のことは苦手、すべてをコントロールしたい性格の私でさえ、決まりきった生活にたまに揺さぶりをかけなくてはと思う。サプライズパーティーはサプライズだから楽しい。謎ときがわかってるミステリーなんてつまらない。変化が怖い人は、行く道を照らしてくれるガイドブックや地図、道づれ、お手本を見つけよう。

大胆なイメージチェンジといえば、マドンナの右に出る者はいない。SMの女王、ゲイシャガール、カウガール、そしてバージンと目まぐるしく変身を続けている。過激なスタイルをまねするのは無理でも、貪欲に前進する姿勢はお手本にしたい。ワンパターンのくすぶった服ばかり着て、職場の壁に同化しちゃっている人は、変わりなさい。頭を忙しく働かせて、自分を変えていきなさい。やがて心の穴がふさがって、魂まで若々しくなってくる。変化は正義！

## ワードローブに新風を吹きこむテクニック

いまのワードローブにすっかり嫌気がさしたけど、どうしたらいいの？　失敗するのはいやだし……。そんなあなたのために、ベーシックな服でも生き生きして見えるテクニックを伝授しよう。

## コントラストを出す

エレガントな装いにはコントラストが欠かせない。ニュートラルな単色づかいの服には、思わず目を奪われるアクセサリーを。上から下まで黒ずくめのときは、ゴールドの細めのベルトと、ゴールドのストラップシューズが映える。クリーム色のタートルネックとウールのパンツには、チョコレートブラウンのカシミヤコート。ネイビーのピンストライプパンツと同じくネイビーのボタンダウンシャツなら、明るいキャラメル色のベルトとシューズがいい。

## 補ってくれる色と季節の色

好きな中間色を三つ選び、季節のアクセントカラーを一、二色決める。どの色もおたがいに引きたて役になってくれるし、アクセントカラーはそのときどきで変えられる。たとえば中間色を白、クリーム、褐色とすれば、秋・冬には茄子紺や濃い緑、春・夏にはアシッドグリーンやターコイズブルーが重宝する。

## ステートメント・ピースを使う

シンプルなドレスのときは、ステートメント・ピースをひとつ加える。カラフルで華やかなもの、強烈な個性を発揮しているものなど、思わず目を奪われるアイテムだ。白のサマードレスに貝殻バックルのベルト。ジーンズとピンクのボタンダウンシャツに、ターコイズブルーの大ぶりなマルチネックレス。白の短パンとサンダルに、ペイズリー柄のシルクトップ。

## 流行にも目を配る

お金をけちらず、流行にはしっかり乗ろう。アクセサリー、コスチュームジュエリー、ベルトといった小物で着こなしに今風の味つけをすれば、お財布もワードローブも大喜び。

## デザイナーズブランド

着こなしやフィット感が信頼できるブランドをひとつ持っておこう。「ここなら好きなものがあるし、似合うものが見つかる」というブランドがあれば、これほど心強いことはないし、よどんだワードローブから抜けだすきっかけにもなる。ショップに行ったら、店員やコンサルタントと懇意になろう。新入荷、セール、割引の情報が得られるし、特別なサービスがあるかも。いまあるワードローブによく合うアイテムも見つくろってくれるはずだ。

## 労力を惜しまない

少ない予算でのおしゃれはそう簡単ではない。大好きだけど高くて手の出ない服は、値下がりのタイミングを待とう。ここだけの話、私のクローゼットはそうやって手に入れた服ばかり。雑誌やインターネットで目を養い、安い品を上手に買って、自分の印象を変える着こなしを模索しよう。

## インターネットを活用

インターネットは大切な友だち。オークションサイトや「売ります・買います」情報サイトを探せば、新品同様や未使用の服や靴、ジュエリー、アクセサリーが定価の何分の一という値段で出ている。ただし偽物には要注意。私がこういうサイトで買うのは、原則として登録番号がついている品物だけだ。購入した品を正規販売店に持っていって、確認がとれなければ返品すると事前に伝え、了承した売り手とだけ取引する。やりとりのメールも保存しておく。もちろん買うだけでなく、売るときも活用できる。着ない服、好みに合わない服は眠らせておかないで売ってしまおう。インターネットでの売買に抵抗があるなら、服の交換会や委託販売店がお勧め。意外な掘りだしものが見つかるかも。

## テーマを設定

春ならフランスのおてんば娘。夏はマリン。秋はイギリスの田舎暮らし。冬は雪うさぎ……そんなテーマを決めてショッピングに出かけよう。テーマに沿った服選びは意外と簡単だ。ファッション界は毎シーズンのトレンドを発表するけれど、春・夏はマリンやボヘミアン、モノクロのスタイルがかならず登場する。秋・冬だとレザーやウィンターホワイト、冬の山小屋をイメージしたコーディネートや、スコットランド風ツイードがおなじみだろう。笑っちゃうぐらい、同じスタイルが繰りかえされているのだ。ちなみに私はこの夏サファリがテーマで、リネンのワイドパンツに木のボタンがついた半袖ジャケット、ストラップサンダルを用意した。象牙や黒檀、木のバングルも手首にたくさんつけた。もうひとつ、エスニックもテーマに決めたので、エナメルのイヤリング、プリントのシルクドレス、かかとの低い革ひもサンダルも買った。テーマを直球で表現すればいいので難しくないし、シーズンをはずさない格好ができる。

## リピートアイテムは大切に

クローゼットでよく手にとるもの、ショップでいつも買ってしまうもの。身につけるとかならず気分が晴れやかになるもの。それがリピートアイテムだ。パールのネックレス、ヒョウ柄のピンヒール、カウボーイブーツ、ツイードのジャケットなど、人によってリピートアイテムもいろいろ。私がつい手をのばすのは、ジーンズ、白のボタンダウンシャツ、クリーム色のセーター、飴色のレザー小物だ。さらに、ファッション写真の切りぬきファイルを眺めていたら、首まわりに凝った装飾があるドレスが好きなことにも気づいた。フォーマルドレスをあつらえるときは、そんなデザインにしよう！

### ライフスタイルを考慮する

近所のレストランで食事をして、ビーチを散歩して、コーヒーを飲める本屋にも立ちよる……そんな生活に、クラブでオールするための服は必要？　毎日着る服は、日々のライフスタイルに自然にとけこんでいるのが望ましい。

それと同時に、あこがれのライフスタイルを服が後押ししてくれることもある。タンゴが踊れる日を夢見ているのなら、タンゴの衣装を買ってしまえばいい。服とライフスタイルは一致していることが理想なのだから、もうタンゴを習いに行くしかない！

### レベルダウン法

ワードローブの棚卸しをするときは、私がお勧めするレベルダウン法をやってみてほしい。クローゼットの服を残らず出して、レベル分けする。汗を流すときのウェアがいちばん下で、フォーマルウェアがいちばん上。不要な服を取りわけたら、それぞれのレベルを一段下げるのだ。運動着になっている服はほとんどお払い箱にして、週末のカジュアルウェアで身体を動かそう。レベル移動で空きができたら、そこに新しい服を入れる。レベルダウンは、全部とはいわないまでもかなりの割合で可能なはずだ。こうすれば、近所のコンビニに行くときの服も格上げされて、「いかにもかまわない格好」から脱却できる。

## 服の登場場面を増やす

ワードローブを多機能化しよう。季節や場面が変わっても着られる服を増やす。私は服を買うとき、これは季節に関係なく着られるかな、着ていける場面が多いかなと考えるようにしている。これで時間とお金の節約になるだけでなく、服の〝一生〟さえも変えることになる。この春私が買ったのは、カーキ色の七分袖シャツだった。このシャツ、春を過ぎて夏になっても、さらに秋、冬にもたくさん出動してくれた。色とデザインがほかの服と合わせやすかったのだ。白のジーンズにサンダルならドレスダウンできるし、ゴールドのネックレスとヌードカラーのエナメル革のピンヒール、プリントスカートにすればたちまちドレスアップ。これ一枚はもちろん、レザージャケットの下に着たり、白のタンクトップの上にはおったりもできる。可能性は無限大！

## 執着しない！

前にも書いたかもしれないけど、大切なことなのでもう一度。好きじゃない服は捨てる、あげる、買わない。着てみてしっくりこない服も捨てる、あげる、買わない。色がぜんぜん似合わない服は……右に同じ。ライフスタイルからはずれた服も……同じこと。

生きていれば誰にだってルーティンができる。秩序があって、次に何が起きるか予測がつく安心感は何物にも代えがたい。ルーティンは安心で心地いいけれど、ともすれば退屈で重苦しいものになりやすい。単調で灰色な毎日から抜けだすには、朝のコーヒーを変えてみたり、お風呂で新しい石鹸を使ってみたりと、小さなことから始めればいい。えっ、いきなりクローゼットからいっちゃう⁉

第四章

# 私は
# タイムトラベラー

## 年齢と服装のギャップ

# 老いの恐怖

老いの恐怖は、人びとを消費行動へと駆りたてる。美容整形やしわとりクリームはそのものズバリだし、ファッションモデルが子どもみたいな体型なのも、ファッション雑誌に幼児がたくさん登場するのもそういうこと。年をとりたくない、老いる恐怖をやわらげたいという欲求があらゆるところから伝わってくる。

老いが怖いのは、死ぬのが怖いからだ。若々しい外見を保っていれば、時の流れで身体が少しずつ朽ちていく事実から目をそらせる。見た目だけではない。身体は言うことをきかなくなるし、節々は痛むし、孤独にもさいなまれる。それを考えると、たしかに暗い気持ちになる。でも二〇歳で「しわのばし」のボトックス注射をするとか、五〇歳が「お尻がたれてきた」という理由でインプラント手術を受けるとか、そこまで必死に老いにあらがう必要、ある？

恐怖症は、特定の刺激に対して不合理な恐怖を感じ、不合理なまでにその刺激を避けようとする状態だ。重要なのは「不合理」という点。顔のしわ、白髪、シミ、薄毛、静脈瘤ができることにおびえ、とことん逃げようとするのは、もはや恐怖症のレベルだ。「ビューティー」「ファッション」「ヘルス」といったキーワードで、インターネット、テレビ、新聞や雑誌を検索すると、内容は減量と老化防止の二点に集約される。老いは魅力的でないとメディアは騒ぐし、私たち自身もそう思っているから、お金を払ってでもしのびよる老いから逃げようとする。

私たち女性は、自分の身体の変化をいやというほど意識している。しわが深くなった、セルライトが広がった、肌がたるんできた……それは体力や機能というより、美的な面だ。そんな外見の衰えに抵抗するための情報もあふれかえっているので、アンチエイジングについては誰もがいっぱしの専門家だ。

女にとって老化とは美しさが失われること。女の性的魅力が最大になるのは、子どもを産める年齢のときだ。種を保存するためには当然だろう。男は自分の遺伝子を残すために、子どもを出産できて、自らも優れた遺伝子を持つ女に魅力を感じ、パートナーに選ぶ。だから男は若い女を好むのだ。子どもが産めなくなった年代の女に魅力は感じない。

もちろん女性の魅力は出産と子育てだけではない。だけどその年代を過ぎても、若さと美しさへの連想はしつこくついてまわる。だから年齢をたずねられても秘密にしたり、若くサバを読んで答えたりする。セレブやモデル、女優で堂々と年齢を公表する人もいるけれど、それだってあちこちつまんだり、縫いあわせたり、注射したりとさんざん抵抗したあとだ。彼女たちに自然な老いを受けいれろと諭され、ヨガのビデオとかマルチビタミン、日焼けどめを勧められたとしても、傷つく必要なんかない。マダム・タッソーのろう人形館から出てきたような人たちに言われる筋合いはないのだ。

容姿が衰えてきた自分は、もう現役バリバリではない……そう感じる女性は多いはず。セクシーなお色気で人気を集めた女優も、若い子にとってかわられる。男は年をとっても主役を張れるし、うんと若い女優を相手にぎらぎらした男を演じられる。老いてきた女優は、往時の美しさを少しでも取りもどし、出演作を増やそうと、美容整形や減量にはげみ、ファッションも工夫する。涙ぐましい努力と笑う者もいるだろう。でもそれをやらないと、老いさらばえて目も当てられないと言われるのだ！

美しく年齢を重ねることは簡単ではない。外面だけでなく、内面も変わっていくことが求められる。もう何年も同じような服ばかり着ている。おしゃれをすっかりあきらめて、おばあさんみたいな服ばかり着ている。若いときのファッションにいまもしがみついている――この章は、そんなあなたのために用意した。年齢に合わない服装は、内側に何か理由を抱えている。それを突きとめて、見た目の印象を良くしていこう。

## 年齢相応の服装とは

サイズ、丈、色、飾り、機能性、場面……これらの条件が全部満たされて、初めてコーディネートは完成する。何をどう着るか決めることは、けっこう難しい作業なのだ。年をとってくると、服の選びかた、買いかたにも年齢という要素が入りこんでくる。

自分の年齢や、それにともなう変化を認めるのは抵抗があるだろう。でもだからといって無視していると、年齢に合わない変な服装になってくる。たとえばこんな感じ。

（1）何年、何十年も前のファッションをかたくなに守り、時代遅れで流行遅れになっている。
（2）老いを先どりするかのように、実年齢より上の服装をする。
（3）若づくりしすぎて、かえって年齢を感じさせる。

大昔のファッションを何年も続けている人は、昔の時間に自分を閉じこめている。周囲は服装だけでなく、すべてが時代遅れな人だと思うだろう。実年齢より上の年代の服装は、避けられない運命から逃れようとする苦肉の策だ。ふつうは現実から目をそむけることで、老いの事実を受けいれまいとするもの。でもこの場合は早くも白旗を揚げて、あえて自分を老けさせている。反対に極端な若づくりは、実年齢を隠そうとするあまり、かえっていたいたしくなっている。着る人に合っていないちぐはぐな服装は、誰が見ても違和感を覚える。

## 年齢に合った服装ができているかチェックリスト

**［時代遅れ編］**

- □ 昔の写真を見ると、ヘアスタイル、服装、お化粧がいまとまったく同じ。
- □ 五年から一〇年以上着ている服がある。
- □ ワードローブのなかで、最近買った服は（　）パーセント。
- □ ワードローブのなかで、五〜一〇年以上前の服は（　）パーセント。
- □ 流行が一周して戻ってきた経験が二回以上ある。
- □ 六〇年代から九〇年代まで、昔の流行だった服がたくさんある。
- □ 新しいファッションに挑戦してみたら？と言われたことがある。
- □ 新しいファッションに挑戦するのは気が進まない。
- □ いまの服装の傾向を変えることができない。
- □ 最新流行の服をワードローブに加えることに抵抗がある。
- □ 新しいファッションに挑戦したら失敗しそうな気がする。

「はい」の数が多い人は、時間のゆがみにはまっている可能性がある。なぜそうなのか理由を突きとめ、時代遅れのファッションと決別して前に進もう。

［おばさんファッション編］

□ 同年代の友人のなかで自分の服装が浮いている。
□ 母や祖母世代が着るような服を着ている。
□ いつもシニア向けの店で服を買っている。
□ 実年齢より上に見られることが多い。
□ 年齢相応の服装は似合わないと感じる。
□ 美しく年齢を重ねることをあきらめている。
□ 老いは避けられないのだから、見た目をがんばってもしかたないと思う。
□ 年齢相応の服を探そうとすると途方に暮れる。
□ 新しいファッションに挑戦してみたら？と言われたことがある。
□ 服装についてアドバイスされてもはねつけることが多い。
□ 服装を変えたいと思っても、怖くてできなかった。
□ ちがう服装にしたいけど、どうしていいかわからない。

「はい」の数が多い人は、自分で時計の針を進めて老いを加速させている。その理由を突きとめて、クローゼットの時間をいまに戻そう。

［若づくり編］

□ 同年代の友人のなかで自分の服装が浮いている。
□ 下の世代が着るような服ばかり着ている。
□ 若者向けの店で服を買ったり、服のスタイルをそっくりまねたりする。
□ 流行には敏感だ。
□ 「おばさん」に見られるのがいや。
□ 年齢を人に言いたくない。
□ 年齢のサバを読む。
□ 誕生日がゆううつだ。
□ アンチエイジング関連の製品をよく使う。
□ 老化を食いとめるためなら極端な手段も辞さない。
□ 収入の相当部分をアンチエイジングに使っている。

「はい」の数が多い人は、服装が若づくりになっている可能性が高い。いまの自分を受けいれることを学び、年齢にふさわしいスタイリッシュなワードローブを構成していくようにしよう。

## 時間のひずみから抜けだせない

すりきれたベルボトム、肌にはりつくポリエステルのプリント柄シャツ、ディスコのミラーボールをかたどったペンダント……ブラッドのファッションは七〇年代のままだ。仕事もずっと同じだし、独身で彼女もいない。いっしょに住んでいた母親が世を去ったあとも、大きな家にひとりで暮らしている。

ブラッドが相談にやってきたのは、現役を引退したあとの第二の人生が視野に入ってきたからだった。何度か面談をしてみたが、服装も含めてこれといった変化はない。こんなときは、お相手探しとか、ひとり暮らしにちょうどいい家に住みかえるといった課題に真正面から切りこむより、回り道をするほうがいい。そもそもブラッドは、変化というものを前向きにとらえているのだろうか。人生を変えていくとしたら、どの部分を、どんなプロセスで進めればいいのか。話しあいを続けるうちに、ブラッドが変化に抵抗する理由と、それを打開する道が見えてきた。

始まりは、ブラッドが子ども時代に経験した悲しい事件だった。父親が急死したのだ。父親亡きあと、母親の手に負えないことは息子のブラッドが全部引きうけるしかなかった。仕事を変えることも、恋人をつくることも、自分の家を買うことも、すべてぜいたくだったのだ。山あり谷ありを経験しながら人として成長していくのが人生だけれど、ブラッドの人生は、言うならばクルーズ・コントロールで走行する車のようなもの。曲がり角も迂回もなければ、障害物もない。まわりの景色がどんなに変わろうと、ブラッドは一定の速度で前進するだけだった。

変わろうとする気持ちはあっても、それを実行に移す段取りができない。服装ならなんとかなりそうだけど、「無理してカッコつけるイタいじいさん」にはなりたくない。でもどうすればいいのやら——だからブラッドは七〇年代ファッションをやめられないのだった。

ファッションを変えるのが怖いときは、時代に左右されないクラシックなスタイルを取りいれるといい。ドレスシャツにカフスボタン、カシミアのセーター、トレンチコート、ほど良いフィット感のズボン。コットンのTシャツにジーンズ。これだけあれば、映画〈サタデー・ナイト・フィーバー〉のジョン・トラボルタにおさらばできる。

流行に関係なく、失敗のないコーディネートの戦略はほかのことにも応用できる。友人づくり、恋人探し、転職、新居探しでも、がんばって冒険する必要はないのだ。なじみやすくて、気楽にやれる方法を見つければいい。

こうして時代遅れの服はほとんど処分したブラッドだったが、模様が入ったベロア地のジャンプスーツだけは残しておいた。なぜかって？　年に一度、ハロウィーンのときに着るためだ！

## あなたのなかのブラッド

ストレスを引きおこす刺激にはいろいろあるが、その強弱を測るのが社会的再適応評価尺度と呼ばれるものだ。配偶者の死から楽しい休暇まで、良い悪いにかかわらず現状からはずれたできごとは、すべてストレスとして数値化されている。ストレス刺激を受けたときは、適応や学習、評価、さらには柔軟性の発揮でいつもの生活に戻ろうとするのが健全な反応だ。

ワードローブ改革も立派なストレス刺激だ。自分の服装が時代遅れだなんて、どうすればわかる？　流行を敏感にとらえながら、年齢やライフスタイルにふさわしいコーディネートって？　頭をかきながらそうぼやくあなたは、次の三つのステップを実行しよう。

**問題認識**

ブラッドみたいな人は、誰かに言われないかぎりファッション改造が必要だと気づかない。服の組みあわせが五年以上まったく変わっていない人は、時間のひずみに落ちこんでいる。流行はめまぐるしく変わる。色やフィット感、丈感は数年もすれば古びて、賞味期限を迎えてしまう。

**棚卸し**

シーズンごとにクローゼットの棚卸しをして、残すもの、処分するものを選ぶ。時代に左右されない基本アイテムはもちろん残しておくけれど、それでもたまにはアップデートしたほうがいい。白のボタンダウンシャツにしても、丈やボタンの位置、襟の大きさ、ゆったりめか細身かという微妙な流行がある。今年は長めでぴったりしたカッティングがトレンドでも、来年はボーイフレンドフィットの七分袖がしっくりきたりする。

**見つめなおす**

ワードローブ改造にどうしても抵抗がある人は、ずっと着てきた服の数々を一度じっくり眺めてみよう。八〇年代のミニスカートはあざやかな赤が大好き。五〇年代のプードルスカートは、やっぱりプードルの刺繍がかわいい。それならば、好きな要素が入っている新しい服を探してみよう。靴を真っ赤なエナメル革にするとか、刺繍の入ったTシャツを選ぶ。コーディネートのパターンも同じ。ジャケットとスカートが定番なら、あえてその組みあわせを変える必要はない。ただし九〇年代はじめの服ではなく、シルエットや素材、色づかいを時代に合わせる。これで安心して〝いま風〟なおしゃれができるはず。

## おばさんファッション

ジニーを見て、三〇代なかばだと思う人は皆無だろう。小柄な身体にポリエステルのくたっとしたパンツをはき、上は虹色のぶかぶかのニット。もしくは一九八〇年代そのままの、原色でかっちりしたデザインの化繊のバリキャリスーツ。

ジニーは自分が老けて見えると思っていたので、もっと老けて見える服ばかり着ていた。その結果不自然なファッションになっていたわけだが、その裏には根の深い問題が隠れている。ジニーは自分が「地味」で、「白髪だらけ」で、「やつれきって」いると思いこんでいた。それは要するに、三五歳になったときの自分のイメージだった。

自分の年齢ぐらいになると、とっくに結婚して、子どもに恵まれ、理想のマイホームを持って、理想の職についているはず……ジニーは自分の人生に大きな不満を抱えていた。でもそれって、ジニーぐらいの年齢になれば男女に関係なく感じること。世間の基準からはずれていることに焦りを覚えるのだ。反対に、世間の基準にがんじがらめの人もいる。どちらも人生のバランスが悪くて、不満をくすぶらせることになる。

たしかにジニーには夫も子どももいない。でも時間と自由はたっぷりあるから、旅行をしたり、カルチャースクールに通ったり、友人を訪ねたりできる。そのいっぽうで、伴侶になる人と出会い、子どもを産んで、キャリアに磨きをかけたくても、時間切れが迫っているのをひしひしと感じる。ジニーのおばさんファッションは、人生の盛りの時期が過ぎ、ただの思い出になっていく焦燥感の表われなのだ。だけど、そんな恐怖と向きあって行動を起こし、いまの自分に合った服装を整えれば、時間の針を巻きもどすことだってできる。

## あなたのなかのジニー

何歳になっても、経験できることはたくさんあるはず。人生を俯瞰で眺めればそれがわかる。後半生で成功をつかみ、輝いた人はおおぜいいる。グランマ・モーゼスが絵筆を持ったのは七〇歳をとうに過ぎてからだし、ベティ・ホワイトが〈サタデー・ナイト・ライブ〉のホストとして登場したのは八八歳のときだった。

ということで、私はジニーに三つの質問をした。

（1）年齢のことは抜きにして、やってみたいことはある？
（2）一〇〇歳になって、やっておけばよかったと思うことはある？
（3）曾孫ができたら、自分の人生をどんな風に話して聞かせる？

この質問の答えを探すうちに、胸に秘めた欲求が実行に移せるかもしれない。ちなみにジニーの答えはこうだ――もっといろんな人とデートすればよかった。もっと旅行したかった。学校に入りなおして勉強したかった。本を書きたかった。で、彼女はどうしたかって？　これらを全部実行しはじめたのだ！

次のステップは、具体的な目標と期限を決めることだ。ジニーは大きな目標を達成するために毎日の課題を設定し、カレンダーに書きこんだ。

最後の仕上げはワードローブだ。人生は短いのに、わざわざ時計の針を進めておばさんくさい格好をする必要がどこにある？　テレビのイメチェン番組では、やぼったい老けた服装で、世界中の不幸を背負ったような人が、プロの手を借りて若々しく変身する。彼女たちが晴れやかに輝いて見えるのは、外見を変えたことで内面も充実したからだ。

服とアクセサリーは、人生の目標達成を手伝ってくれる助っ人だ。目標にふさわしい服装と着こなしを見つけよう。ジニーの目標は結婚、出産、転職だ。そこで二人でショッピングに出かけた。お目当ては、いま風のシルエットでフィット感のある基本アイテム。思わず目が引きよせられるような、あざやかな色の服も手に入れた。

もちろん、これですべてめでたしというわけではない。旅はまだ始まったばかりで、目的地はまだ先だ。もしジニーが結婚もできず、本も出版できなかったら？　それでも彼女は、目標に向けて歩きだしている。

case study

# 年相応の服装にしておとなになったフランシスの話

それは、友人とスターバックスに立ちよったときだった。店に入った瞬間、フランシスの姿が目に飛びこんできた。着ているのはホットピンクのジャンプスーツ。パイル地の背中には、ラインストーンで「ガールパワー」の文字が躍る。サンダルもホットピンクで、ごてごて飾りがついていた。片方の腕は、動物をかたどったゼリービーンズみたいな色のブレスレットがずらり。わっ、すごいファッション。てか、この人ほんとは何歳なの？　年をとることに抵抗しているのか、年齢相応の装いが思いつかないのか……だけど、知らない人に「こんにちはー！　あなたのファッション改造させてくれない？」なんて言えるはずもない。私はモカフラペチーノを買って友人と席についた。

ファッション心理学にもとづいたコンサルティングビジネスを友人に説明していたら、フランシスが私たちのテーブルにやってきて自己紹介した。

「すみません、ちょっとお話が耳に入ったもので。実は私も、自分とワードローブを何とかしたいと思っているところなの。そのうちお願いするかもしれないから、メールアドレスを教えてもらえますか？」

私の心を読みとったかのように、フランシスは助けを求めてきた。いまの彼女は内面と外面がずれまくっている。私たちは連絡先を交換して、面談を設定した。オフィスに来てもらえれば、すぐに問題の核心に入れる。

約束の日、フランシスはムートンのプラットフォームブーツを高らかに鳴らして私のオフィスにやってきた。甘ったるい香りのラメ入りボディスプレーとリップグロス、チェック柄のプリーツミニスカート、ぴったりカーディガン、模様入りタイツで決めている。手首にはもちろんゼリービーンズ色のブレスレットがじゃらじゃら……。オフィスのカウチに寝そべったフランシスは、自分のことを話しはじめた。

「これまで、ありとあらゆるアンチエイジングを試してきたわ！　ボトックス、レーザー、鍼もやった」ビバリーヒルズのメイクアップ講座から、バーモント州のヒーリング体験まで、若さを保つためにやってきたことをくわしく解説していく。でも努力もむなしく、老化はフランシスの人生のあらゆる面にしのびよっていた。もちろんワードローブだって例外ではない。

「年齢はわかってるけど、中身は若いままなの。年齢相応の格好をすると老けこんで見えるから、若向きの服に挑戦しているってわけ。でも成功してるとは言えないわ」

「ファッションのヒントはどこから得ているの？」

「フレッシュでいま風な感じは娘のスタイルがお手本ね。いま一七歳なの……えっ、もう一七歳？　信じられないわ」

この発言から問題の深いところが見えてきた。フランシスが逃したくないのは自分の若さというより、娘の若さだ。娘と買い物に出かけたり、服を共有したりするのが楽しい。でも彼女が大学に入ったら、それができなくなるとフランシスは嘆いた。

「フランシス、あなたの話は娘さんのことばかり。とても仲良しなのね」

「もちろんよ。私たちは親友なの」

フランシスには、自宅のクローゼットから服を持ってくるよう指示していた。ひととおり話を聞いたあと、それをカウチに広げていく。ここでの目的は、使える服とそうでない服を仕分けて、その理由を考えること。フランシスが直視できない「加齢」を、具体的にイメージしてもらうことも重要な意味を持つ。

「さてと。ここに並べた服を、娘さんが着そうなものと、そうでないものに分けていきましょう」

「ちょっと待って。私がじゃなくて？」

「そう、娘さんが着るかどうかよ」いまのフランシスにはこのほうが答えを出しやすい。自分のこととなったら、考えこんでしまうだろう。予想したとおり、フランシスはてきぱきと服を分けていった。自分の娘にふさわしいと思う服は、全体の三分の二。残りはあまりにやぼったくて、うちのおばあちゃんでさえ見向きもしない服だ。

「こっちは若い子向き、そっちは年寄りとくっきり分かれた感じね」と私は水を向けた。

「ほんと。超カワイイと超ダサイってところかしら」

ここからが本題だ。「あなた自身は、どっちを着るべきだと思う？」

「それは難しいわ。自分がはまるのはどっちなのか、いくら考えても答えが出ない」

「答えはどっちもノーよ。このどちらでもなくて、いままで考えたこともなかった新しいカテゴリーを見つけなくちゃ。それが私たちの課題よ」

でもそれは明日以降の話。とりあえずは服を検分して、汚れや破れがないか、サイズが合わなくなっていないか確かめた。それ以上先に進むと、フランシスはパニックになって、フォーエバー21に駆けこんでしまうだろう。

## 治療開始

翌日はフランシスの自宅で再開だ。

「あなたのワードローブが若い子とおばさんにくっきり分かれるのは、どういうことかしら？」

「仕事とか、きちんとした場所に行くときは、おばさん服をひっぱりだすの。それ以外ではイケイケの若い格好をしてるわ」

ならば〝マジメ〟と〝イケイケ〟の中間をめざすことにしよう。ワードローブをひとつずつ吟味して、おばさん服のかわりになるコーディネートを考える。たとえば……、

・ぶかぶかのシルクのボウタイブラウス　↓　ぱりっとしたダブルカフスのシャツ
・丈の長いウールのプリーツスカート　↓　ひざ丈のパネルプリーツスカート
・大きめタートルネック　↓　やわらかい素材のカーディガンやショール

これでおばさん服を新鮮でシックな装いに置きかえることができた。でもワードローブの大多数を占めるのは、娘のクローゼットに直行させたい若向きの服だ。フランシスはそれには手をつけたくないという。

「どうして？　こっちを捨てたらどうなるの？」

いよいよ核心に迫ってきた。「こっちを着るのをやめたら、娘とのつながりというか、娘と同じ年齢の自分を手ばなすことになる。それがないと、私はただの中年の母親よ」

フランシスは娘とのつながりを保つことに必死で、それには自分も若くいることが絶対条件だった。若者言葉を覚え、ペレス・ヒルトンのゴシップにくわしくなり、若い子の服装をまねすることが、娘との距離を縮めるいちばんの手段なのだ。

でもそれだと困ることもある。しつけとして娘に厳しいことを言っても効果がないのだ。だからフランシスは、守るべき決まりや規則をうやむやにすることも多い。娘の「親友」でいたいあまり、彼女は無意識のうちに夫を「ガミガミ親父」に仕立てあげていた。

「若くてクールでイケてるママ」になりきるには、服装もそれに見合ったものにしなくては。年齢より若く見せたい願望はどこへやら、フランシスは母親の役目を捨て、娘の友だちになりさがっていた。子どもが健全に成長していくためには、親は親らしくふるまうことが先決だ。友だちになるのはそのあとでいい。

家族には序列がある。子どもは序列が下なので、親や保護者が管理しなくてはならない。序列関係がきっちり定まっていれば、子どもは勉強をがんばったり、ほかの人に親切にしたりと、子どもとしての務めを果たせばよい。ところが、親が子どもと同じ土俵に立ってしまうと、仕切り役がいなくなる。子どもは、自分が親の役目を果たさなくてはならないような気がして、不安になる。責任を引きうけてくれる人がいて、守るべき決まりがあって、自分が何を期待されているのかわかれば、子どもは安心して自分の役割を果たし、成長していけるのだ。

フランシスは一〇代の世界にすりよるのではなく、四八歳の「カッコいい」おとなとして娘に接する必要がある。そのためには、娘の行動に一定の線引きをしたほうがいい。私はこう提案した。「あなた自身もそうだけど、娘さんも成長するときが来たの。娘さんの行動で、これは見過ごせない、許されないと思うものを書きだしてみて」

フランシスはしばらくレポート用紙とにらめっこしていたが、書きはじめるとけっこう長いリストができあがった。その内容を整理したあと、私はフランシスに宿題を出した。それは、フランシス保安官の就任を娘に宣言することだ。保安官が決めたルールには従ってもらう。でも上から押さえつけるだけではだめだから、母娘が絆を強める親密な時間もつくったほうがいい。要はアメとムチを使いわけるのだ——難色を示すフランシスに、私はそう説明した。

一週間後、ふたたびフランシスを訪ねた。母親の役割を確立する宿題はできただろうか。「うまくいきすぎてびっくりよ」とフランシスは興奮ぎみだ。「最初は衝撃が大きかったみたいだし、衝突もあったけど、結局はすんなりおさまった。私の行動にいちばん驚いていたのは夫だったわ」

「無理に若ぶらなくても、若い子と関係を築けるのよ。若い格好をしなくても、心は若くいられるの。その方法を学んでもらうのが今回の宿題だったというわけ。年齢を重ねたおとなであることに、怖れを感じる必要はないわ。エプロンをしなくたって、母親らしくふるまうことはできるの。さあ、クローゼットの大整理を始めましょう」

## 自分の再発見

念のためフランシスには、娘が着るような服をクローゼットから出し、それを着て鏡の前に立ってもらった。だが本人はピンと来ない様子だ。そこで写真を撮って見せた。客観的な手段を使うと、自分がほんとうはどんな風に見えているか手にとるようにわかる。最高にカッコよく決まった！と思っていても、二週間後に誰かのフェイスブックに投稿された自分の写真を見て愕然とするのだ。

フランシスも写真をきっかけに自分を客観視できるようになった。娘と同じような服をいくら着たところで、四八歳の女がイケてるクールな女の子になれるわけがない。フランシスが若い子向けの服を着ると、舞台衣装かと思うぐらいわざとらしかった。おばさんっぽくなるのがいやで、一〇代の子みたいになろうとしたけれど、失敗を認めざるを得ない。

## お手本を見つける

フランシスのように「自分にふさわしい服装」を思いえがけない人は、お手本を見つけてこよう。同年代の女性で、着こなしがすてきな人はいる？　社会で大きな成功をおさめ、洗練されたファッションで精力的に活動する女性たちは星の数ほどいる。そのなかでお手本にしたい人は？

フランシスと私は、そんな女性を思いつくままにあげてみた——オプラ・ウィンフリー、ヒラリー・クリントン、ラクエル・ウェルチ、ローラ・ブッシュ、マヤ・アンジェロウ……。激戦を勝ちぬいて選ばれたのは、女優のジェイミー・リー・カーティスだ。年齢はもちろん、自分の身体も、家族のこともありのまま受けとめる健康的なおとなの女性。フランシスは着る服や娘との関係で迷うたびに、「ジェイミーならどうするかしら」と考えることにした。そして答えが出たら、「ジェイミーのまねで問題ない？」と自分に確認する。これを繰りかえすうちに、フランシスは少しずつ自信をつけていき、最後は「フランシスならどうする？」と考えられるようになった。

そろそろ最後の仕上げにかかろう。服、アクセサリー、ヘアスタイル、メイク、話しかたといった要素に磨きをかけて、おとなの魅力を出していく。ワードローブの見直しで、破れたり汚れたりした服、いかにもなおばさん服、こっけいにしか見えないティーン服はもう仕分けずみ。あとは、成熟したおとなの装いを完成させるだけだ。そこで、処分が決まった「若くてイケてる」服の山からいくつかひっぱりだして、それをおとなバージョンに置きかえてみた。

・ベロア地でホットピンクのスウェットスーツ　↓　カシミアの上下
・穴開きジーンズと派手なタンクトップ
↓　スパンコールの入ったひざ丈のボディコンシャスドレスに、つま先の見えるプラットフォームパンプス
・レギンスとオフショルダーのチュニックにUGGのブーツ
↓　スキニージーンズとライディングブーツにラップカーディガン

メイクもネオンカラーやグリッターをやめて、マットなパステルカラーに路線変更。リボンとかシュシュはみんな捨てて、かわりに上品なヘッドバンドを購入した。

おとなの自分を取りもどす作業は試行錯誤で、いろんな工夫が必要だ。フランシスはおとなとしての立ち位置に慣れるにつれて、若いままでいたい欲求が薄れ、美しく年齢を重ねることに関心が向くようになった。娘の〝親友〟ではなく、娘がお手本にしたいと思える母親になったのだ。

いまフランシスが鏡の前に立てば、そこに映っているのは別の誰かになろうと必死な中年女ではない。成長してあるべき姿を勝ちとった、おとなの女性だ。

## あなたのなかのフランシス

度を越した若づくりの背景には、恐怖……というより戦慄がある。老いて死を迎え、この世から消えることに怖れおののき、身を震わせているのだ。でも砂のように落ちていく時間を止めることはできない。つかもうとがんばっても、指のあいだからこぼれていくだろう。

実年齢からかけ離れた若づくりにならないためには、次の三点を覚えておくといい。

・自分の娘が着ている服に手は出さない。
・流行がリバイバルしたからといって、以前の服をひっぱりださない。
・ジュニアサイズが入る体型でも、ジュニアの服が似合うとはかぎらない。

どれも外見だけの話に思えるけれど、実は内面にも深く関わっている。実年齢から大きくはずれた服装をしている人は、なぜそうなのかを考えてみよう。かわいい自分を見せたいから？　熱い心を失いたくないから？　いやいや、もっと掘りさげてみて。そこにはこんな理由が隠れているはず。

・年齢相応の服装をしたら、誰にも注目されない。
・おばさんと思われるのがいや。
・世間の流れから取りのこされるのが怖い。
・年齢相応の格好をしたら、ぜったいダサくなる。

## 発達停止

無理な若づくりをする人は、老いを止めたいというだけでなく、若かった時代で足どめを食らっていることが多い。でも、ティーン向けショップで服を買っていれば、いつまでもティーンでいられる？　まさか。過去の問題が解消されないまま、そこから動けない人はけっこういる。ハイスクールで「みんなから浮いている」とからかいやいじめを受けた人は、過去をなかったことにしたいがために、「カッコいい」女子高生風の服装を続けてしまう。これは「発達停止」と呼ばれる状態だ。

あなたの人生は、過去のある時期で停止していないだろうか？　人生最悪のときを消去したくて、あるいは人生最高のときを手ばなしたくなくて、そのときの服装をやめられないのでは？

もし当時の写真や手紙を見かえしたら、どんな感情が湧いてくるだろう。ゲシュタルト療法のひとつ「エンプティ・チェア」を試すのもいいだろう。愛していた人、去っていった友人など、もう会えないけれど心残りがある人物が椅子に座っていると想定して、相手と対話をするのが「エンプティ・チェア」だ。ここでは、過去の自分と対話しよう。からかわれていた少女時代の自分に、いやな目にあったね、でもいまはちがうんだよと話してきかせ、前を向いて歩きだそうと励ますのだ。

発達停止を引きおこした過去のできごとと決別するには、経験は経験として尊重しつつ、挫折から立ちあがって歩きださなくてはならない。でも過去を切りはなすのは、簡単にできることではない。自分の一部が死ぬような気がするからだ。だからこそ、失われたものをきちんと悼み、いまの自分は何ひとつ欠けていないと認識することが大切になる。

## 今度はあなたの番

### 服にはエネルギーがある

「その服装は老けて見える」なんて私たちは言うけれど、それは具体的に何歳のこと？　おばあさんと呼べるような年齢なのに、おしゃれな装いができる人はたくさんいる。私にとっては祖母がそんな存在だ。たっぷりのフレアが揺れるヒョウ柄の七分袖コートをまとい、黒のベレー帽でばっちり決めている……御年九〇歳で！

いまの社会では、老いには「取りのこされた」「さえない」といったイメージがつきまとう。「老けた服装」という言いかたにも、流行遅れだとか、見苦しい、みっともないという意味が暗に込められている。ファッションのトレンドとか、自分が周囲にどう見られるかなんて気にしない、終わった人ということだ。

服を選んで、身にまとう。それは服が持つエネルギーを表現することでもある。「おばあさんみたいな格好」と言われたくなければ、自分の服がどれほどのエネルギーを出しているか考えたほうがいい。

どうすればいいかって？　服を選ぶとき、こう自分に問いかけるのだ。

・この服を着ると、どれぐらい幸せになれる？
・この服を着ると、何人ぐらいからほめられそう？
・この服を着ると、今日がいつもよりいい日になって、力を発揮できる？
・この服を着ると、自分がすてきになった気がする？

エネルギーのある服を着れば、自然と元気が湧いてきて、若々しく見えるはず。

## いまの自分がほんとうの自分――現実を受けいれるためのヒント

### いまの自分を知る

自己意識を保ち、自分の存在を再認識するうえで、ワードローブを定期的に見なおすことはとても重要だ。残念ながら、ほとんどの人はクローゼットの中身を漫然と眺めるだけで、自分をとらえなおすことまではしない。

いま持っているものを確かめ、必要なものを見きわめることは、クローゼットの整理でも、自分を見つめるうえでも欠かせない。不要なものを捨てるのもいっしょ。それが喫煙の習慣でも、ダメンズ癖でもだ。

自分に合うものもあれば、合わないものもある。キャメル色が似合わない人はどうしたって似合わないし、プロレスラーに向いてない人はいくらがんばってもリングにあがれない。いくら望んでも、いまより若くなることはできない。いまここにいる自分が全部ということ。

## なりたい自分を知る

広がる余地があると人生は楽しい。より良いものを望むことが、がんばる原動力になる。それが自分を引きたててくれる服や小物ならなおのこと。でもワードローブだけで終わらせるのはもったいない。いまの自分から、どんな自分に飛躍していきたいのか書きだしてみよう。

達成する目標がある人は、いつまでも若くいられる。生きる目的がなくなれば、年齢に関係なく人生は終わったも同然。でも世界には、まだ見ていないもの、まだやっていないことがたくさんあるはず。あなたはどんな人になりたい？

## いまの自分を受けいれる

人生の目標や夢がある。理想のファッションもイメージできる。生きかたのお手本にしたい人もいる。がんばることはたくさんあるけれど、いまの自分に満足できていないとかえって害になる。自分に不満で、誰か別の人になりたいと思っているようでは、どんなに努力しても実を結ばない。むしろ悪い方向から変化が押しよせて、安定がくずれてしまうだろう。

いまの自分と、いまの立ち位置を認められない人は、より良いところをめざしてがんばることはできない。土台がしっかりしていて、自分にたっぷりの愛情を注げる人だけが、さらにすばらしい人間になるチャンスを自分に与えることができる。

歌のうまい人は、もっとトレーニングを積み、表現を磨き、ほかの歌手と共演したり、大きなホールで歌いたいと思うもの。卓越したファッションセンスですてきな服を着こなしている人は、最新のトレンドを巧みに取りいれておしゃれの幅を広げ、アバンギャルドな装いに挑戦したくなるのだ。

## プランを立てる

いまの自分を知り、受けいれて、これからなりたい自分の姿もイメージできた。いよいよ具体的なプランづくりだ。プランのない人生は、地図を持たずに長い旅をするようなもの。行きたい場所への道順はつねに頭に入れておかなくては。さもないと、目的地をうっかり通りすぎてしまうかもしれない。

プランを立てたらそのとおりに実行する。もちろん途中で変更もあるが、基本的な枠組みはそのままで。理想のワードローブ、ずっとやりたかった仕事、生涯続く友情……どれをめざすときも、同じプランで進めていく。

目標達成にはビジョンを持つことが大切、とよく言われる。半信半疑のあなたは、伝記を一冊読むといい。科学、スポーツ、政治、芸術といったどの分野でも、偉大なことをなしとげた人は例外なく夢を持っていて、それを実現するために行動したことがわかるだろう。行動というれんがをひとつずつ地面に敷いて道をつくり、夢という玄関の扉にたどりついたのだ。

## 外見が内面に追いつかない？

自分のことはわかっているし、認めてもいるけれど、外見はなんだかやぼったい。成功のためのプランは用意したけど、それにふさわしい服装を工夫する時間がない。少しでも演技をかじったり、実際に演じたことがある人は知っているが、役になりきるにはまず役柄を観察することだ。

自分という役を演じるときの衣装、それが外見だ。当然のことながら、外見はいまの自分となりたい自分にぴったり合っていなくてはならない。自分を軽んじない男とつきあいたいなら、自分の外見を軽んじてはいけない。時間をかけて髪を整え、ていねいに洗顔しよう。あこがれの仕事につきたいのなら、その役柄にふさわしい服装をすること。スウェットの上下で面接に行っても採用されるはずがない。家で仕事をするときも、きちんとした格好をしなさい。結局はそれがいちばん楽なのだ。引退後はフロリダで第二の人生を送りたい？　それなら黒とかグレーの服はみんな捨てて、フロリダ暮らしにふさわしい白、ピンク、クリーム、オレンジ、ブルーの服を買おう。華やかな色の服は、自分を認め、愛していることを表現するだけでなく、大きな目標の達成も後押ししてくれるはず。

# ワードローブの鮮度を保つ

## 方向をはっきりさせる

ワードローブの内容を充実させ、いちばん新しい状態にしておくには、いまの自分がどんな人間なのか知る必要がある。年齢はもちろんだが、日々の活動、身体のサイズ、色の好み、経済状態、ファッションの傾向にぴったり合う服なら言うことなし。合わないと感じた服は、人にあげるなり捨てるなりしよう。着る機会のないもの、着心地がしっくりしないもの、着たときの印象が映えないものもおさらばだ。

**お気にいりを更新する**

年齢的にもう厳しいのに、大好きでクローゼットにしまったままの服が誰にもあるはず。だけど、二〇年前の服を本気でまだ着るつもり？　あなた、デパートのティーンズコーナーで服を買いあさるおばさん？　それとも、おばあさんのクローゼットから服をひっぱりだして着る若い女の子？　どちらでもないのなら、そろそろお気にいりを更新したほうがいい。

それには、好きなテイストを生かした最新バージョンに置きかえるのがお勧めだ。ビンテージ感を出したいのなら、昔のアイテムをひとつだけ取りいれて、あとは全部最新のものにする。丈が短く、フィット感のあるデザインで、パステルカラーや明るめの色の無地、あるいはプリント地のワンピースなら、二連のネックレスやベルトをあしらえばぐっといまっぽくなる。テイラードジャケットは中間色でシンプルなものにすれば、おとなの雰囲気が出せる。

## 「いかにも」スタイルはやめる

あの時代、あの有名人、あのブランド……と一発でわかるファッションは、そのときはカッコいいかもしれないけれど、すぐ時代遅れになる。そんな落とし穴を避けるために、いつのシーズンでも評価されるアイテムを持っておこう。ストレートのジーンズ、ドレッシーなトップス、トレンチコート、上品で女らしいボディコンシャスドレス、そしてハイヒール。もちろん二～五年もすると微妙に変わっていくが、基本は同じだ。

## 同年代に学ぶ

まわりにいる同年代の女性たちは、どんな服を着ている？　すてきだなと思うファッションは？　テレビやインターネットで、年齢にふさわしいおしゃれをしている女性たちを観察してみよう。シンプルでつややか、カラフルで華やか、クラシック、それともモダン？　ビンテージ、それとも流行の最先端？　複雑なデザインに単純なアクセサリーを合わせたり、飾りのない服にステートメント・ジュエリーをつけたり。それぞれの工夫をちゃっかりいただいてしまおう。

年齢、それはこの世に生まれてから経過した時間のこと。それ以上の意味をくっつけるのは、それこそ時間の無駄というもの。その人の能力、社会との関わり、重要性、価値、影響力は年齢とまったく関係ない。年齢にしばられて、時間を無理やり前に進めようとしたり、押しもどしたりするのはやめよう。

第五章

# キャリアウーマンの幻想

仕事着以外の服がない！

良いところに就職するための競争は、実際に働きはじめるずっと前、学校の成績に一喜一憂しているころからもう始まっている。昨今は幼稚園にもお受験があって、外国語や音楽や体育をせっせと勉強しなくてはならない。歩くのもおぼつかないころから、人生のレールはすでに敷かれているのだ。

私は心理学者という立場で、子どもの知能、作業記憶、情報処理能力、注意力、学力の評価作業に関わることがよくある。学習の妨げになるような障害を、できるだけ早いうちに発見するためだ。こうした評価を通じて浮きぼりになるのは、親が子どもに寄せる大きな期待だ。

子どもの認知能力を評価するときは、一週間かけて観察や面談、テストを行ない、詳細なレポートにまとめる。それから親子を呼んで説明するのだが、どんな学校に通い、どんな支援を受けるかは結果しだいなので、期待と不安が渦まく。このときいつもびっくりするのは、わが子が「平均の範囲内」だと告げられた親が、とても不満そうな顔をすることだ。よくよく話を聞いてみると、評価が平均点だと、勉強も就職もフツーで終わると思っていることがわかる。

「いちばん上」の大学をめざす努力は、小学校高学年ぐらいから始まる。でも大学に合格したあとは、勉強だけやっているわけにはいかない。人脈づくりのためにインターンとして無給で働き、面接を受けては落ちる。大学のかたわら専門学校に通う人もいるだろう。それもこれも、親が期待して夢見るような「良い就職先」を確保するためだ。

就職できたらひと安心？　とんでもない。テストはなくても仕事ぶりが評価される。九時から五時まで働けばそれでよしではないのだ。スマートフォンやPCがあるせいで、自宅に帰ってからも、週末でも仕事が追いかけてくる。休暇に帰省するときだってノートPCは必須。これでは自分イコール仕事みたいになっても不思議はない。

## 働くときの服

仕事に対する姿勢は、服の選びかた、着かたも左右する。よくある失敗は、職場にふさわしくない服装をすることと、いつでも仕事みたいな服装でいること。どちらも仕事とそれ以外の線引きがきっちりできていないのが原因だ。

## 〝それらしい〟服装

部屋着みたいなくつろいだ格好で仕事をする人もいないわけじゃない。でも基本的には、職場では〝それらしい〟服装をすることが大切だ。仕事ができるかどうかはまず外見で判断されるし、一度決まった印象はずっとついてまわる。クライアントとの面談で、私の靴のかかとにトイレットペーパーの切れ端がくっついていたら？ すりきれたジーンズに、汗じみのついたシャツだったら？ クライアントはそっちが気になって、話どころではないだろう。

それらしい服装をしたければ、ヒントは身近なところにたくさん転がっている。まず注目するのは土地柄だ。南カリフォルニアなら、カジュアルにしても許される。でもロンドンならスーツにしたほうがいい。その土地ごとに服装の基準みたいなものがあるから、それを知っておこう。

次に注目するのは同僚たちの服装だ。カジュアルとフォーマル、どちらが優勢？ その傾向はプライベートのときも同じ？ 役員クラスはスーツでも、平社員はレギンスとチュニックみたいな役職による差はある？

土地柄や職場の傾向に加えて、顧客のことも考える必要がある。売るものがハンバーガーでもセラピーでも、顧客に与える印象が最優先だ。彼らは商品をあちこちに勧めてくれたり、新しい顧客を紹介してくれるだけでなく、上司の前であなたをほめてくれるかもしれない。態度だけでなく、服装でも顧客の期待に応えよう。コンサルタント養成講座やスピーチ教室でかならず言われるのは、聴衆を知りなさいということ。期待どおりの服装をしてくれる人に、聴衆は親しみを覚え、信頼できると感じるものだ。

私が西海岸に転職したときのこと。そのとき持っていたのは、スーツやボディコンシャスドレス、ハイヒール、ジュエリー、トレンチコート——東海岸で働く女性の典型的な服装だ。ところが新しい職場はびっくりするぐらいカジュアルだった。きちんとした格好で出社するのはスタッフ全員参加のプレゼンぐらいで、それでもスーツを着ているのは発表者だけ。私はドレスダウンしたほうがいいと助言された。服装がかっちりしすぎて、クライアントが壁をつくってしまうというのだ。

ところがクライアントの話は正反対だった。あらたまった服装は、クライアントを尊重し、彼らに奉仕する姿勢がうかがえて好印象だと言われた。人生の困難に心をすりへらしたクライアントは、自分の価値が認められたと感じるのだろう。

顧客相手の仕事では、環境も考えに入れたほうがいい。空調のきいた部屋で、デスクをはさんで話をするのか、うだるような暑さのなか、外を歩きながら仕事を進めるのか。顧客に負担を感じさせないためにも、「さっそうと仕事をこなしてます」という印象が大事だ。一〇センチヒールで靴ずれを起こし、よろよろ歩いているようでは幻滅される。

働く女性の場合、あまり着かざると相手になめられるのではという心配もあるだろう。コーディネートをばっちり決めすぎると、前頭葉がお留守だと思われそうだ。だけど、趣味に合わないダサい靴とか、化繊のスーツを着ないとプロ扱いしてもらえないの？

働く女性たちのそんな葛藤は、私も経験があるからよくわかる。私も頭の切れるプロフェッショナルに見られたくて、あえて外見に無頓着な風を装っていた。知的に見えて、自分らしい着こなしを確立するのは大変なのだ。だけど実際には、服装をばっちり決めた相手を軽んじる人は、本人が不安を抱えていることが多かった。

学校でも職場でも、めざすポジションがあるのなら、それにふさわしい服装をしよう。事務員からトップにのぼりつめたいのなら、社長のような服を着る。教授になりたい学生は、教授みたいな格好をすればいい。当てこすりを言われるかもしれないが、あなたを昇進させてくれるのはそんな連中じゃない。上昇志向に押しよせるプレッシャーは、ド派手なピンヒールで蹴散らしてしまえ！

働く服装をカッコよく決めるのは誰にもできる。でもそこに才能と努力と熱意が加われば、がぜん輝きが増してくるはずだ。

## 服装からわかる働きすぎチェックリスト

働く場にふさわしい格好ができない人と同じくらい存在するのが、プライベートでも仕事の服装のままの人だ。そういう人は仕事が人生のすべてで、それ以外の部分があることを忘れている。クローゼットは職場で着るようなかっちりした服ばかりで、それ以外の服を着る時間も余裕もない。おや、自分のことを言われていると思ったかな？

□仕事以外のときも、しょっちゅう仕事のことを考える。
□翌日の仕事のことを考えると寝つけないことがある。
□休日もなかなかリラックスできない。
□仕事を離れているときでも、スマホやノートPCが手ばなせない。
□仕事がたまってあとが大変だと思うと、休暇をとる気が起こらない。
□休日出勤をすることがある。
□休憩や昼食を抜いて仕事を続けることがある。
□友人は職場の同僚だけだ。
□仕事を離れると何もやることがない。
□いまの働きかたは心配だと友人や家族から言われたことがある。
□仕事のせいで心身がまいってしまったことがある。
□仕事とは無関係な場であらたまった服装をするとき、着るものが何もない。
□この一年間（あるいは半年間）に、仕事用以外の服を買ったことがない。
□いまのワードローブを何とかしたいけれど、どうしていいかわからない。

以上の質問でほとんどが「はい」だった人は、仕事中毒の恐れありだ。あなたが次にやるべき仕事、それはワークライフバランスを実現して、それに合ったワードローブを構成していくこと。

## オフィス服を選ぶときの注意点と対応策

**ほつれ・破れ・染み**

ファスナーなどの合わせ目が破れていないか。
↓破れたところはとりあえずベルトで隠したり、ピンで留めておく。

穴が開いていないか。
↓ソーイングキットで縫うか、思いきって捨ててしまう。

糸くず、犬や猫の毛、毛玉がついていないか。
↓エチケットブラシや毛玉切りを買う。

汗じみや汚れがついていないか。

↓染み落としや汗じみ防止スプレーを買う。

**フィット感**

きつすぎる、短すぎる、ゆるすぎる服はだめ。

↓店員に相談に乗ってもらって、ちょうどいいフィット感を探る。

パンティラインが見えるのはご法度。

↓下着を買うときに、オフィスに着ていく服を持っていって試着する。

胸やお尻の割れ目を露出させない。

↓前かがみになったり、椅子に座ったり、立ちあがったりしたときにうっかり見えない服を選ぶ。

**機能**

はき心地が悪い靴、安定しない、靴ずれができるような靴はやめる。

↓とくにハイヒールは〇・五センチ大きいサイズを選び、ジェルの中敷きを入れよう。

仕事に支障のある服はやめる。
↓いくらおしゃれでも、息が苦しいとか、動きにくい服はだめ。
エアコンや外の暑さに備えて、脱ぎ着で調節できるコーディネートにする。

**スタイル**

マリン、サファリ、パンクなどで全身コーディネートした服装は避ける。
↓クラシックな服装に、好きなテーマのアイテムをひとつだけ加える。

職場で浮く服装は避ける。
↓コンサバ、トレンディ、フォーマル、カジュアルなど、周囲の傾向に合わせる。

誰かのものまねはしない。
↓自分の好きなスタイルのニュアンスを加えて個性を出す。

大きな音がするアクセサリーはしない。
↓音がうるさいヒールにはゴム製のカバーをつける。じゃらじゃら音がするバングルは職場ではつけない。

攻撃的なメッセージを発するような服装をしない。
↓言葉だけでなく、服装も周囲に影響を与えることを忘れずに。

case study

## 〝それらしい〟服装が実はいちばん大事だったという話

病院勤務の医師メーガンは、ハートと子犬がプリントされたスモック風の白衣と、白いゴム製サンダルがお決まりの格好だった。病院の外にもこの服装のまま出かけるし、自宅でのんびり過ごしたり、家事をするときも、寝るときまで白衣のまま。仕事着を便利に着ているうちに、歯止めがきかなくなってしまったのだ。医療現場で活躍するメーガンだけれど、ワードローブに関しては完全に不毛だった。

そんなメーガンが私に相談してきたのは、ある週末に自分のファッションが絶望的だと悟ったからだ。事態は深刻かつ緊急で、メーガンの手に負えるレベルではない。

「週末、男性の同僚と偶然会ったんですが、私はそのときも白衣を着ていたんです。顔から火が出るくらい恥ずかしかった。家に帰ってシャワーも浴びてないのかとか、プライベートの楽しみはないのかって思われたわ」

狼狽するメーガンはひとごとではなかった。私も研究者生活の前半は、冬はキルト、夏はポロシャツしか着てなかった！　メーガンがふつうの服を着られるように力を貸さなくては。それにはまず、病巣に切りこむ必要がある。そう、クローゼットだ。

メーガンのアパートメントに着いたとき、彼女はまずこう言った。「お恥ずかしい話、仕事着以外はほんとうに何もないの。着るものはあるんだけど、どうしていいかわからなくて。情けないのは、週末にばっちりめかしこんだ同僚に会って、当直なのかとたずねられたことよ。そんなわけないのに！」

「つまりメーガン、あなたのワードローブは死んだも同然ってことね。これからがんばって生命を吹きこみましょう」私は言った。それは彼女自身に生きる喜びを吹きこむ試みでもあった。

なぜメーガンは、日曜に食料品を買いだしに行くときや、デートするときの服装を整えられないのか？　それは制服を着る気楽さに、すっかり安住しているから。白衣にサンダルと決まっていれば、何も考えなくてすむ。

とはいえ職場を離れてまでその服装だと、ドラマ〈ER緊急救命室〉のエキストラにしか見えない。メーガンは制服の気楽さが好きなのだから、ワードローブもそれを踏まえて構成していく必要がある。メーガンは医師としてひとりだちしたばかりで、収入はたかが知れているし、学生ローンもまだ返済中だ。これから買う服はお財布にやさしくて、何通りにも活用できるものがいい。さらに大切なのは、着ていて楽ということ。メーガンは、休日には家でごろごろしたり、ちょっと出かけたり、ウォーキングをしたりして過ごす。旅行に出かけることもある。だから身体を締めつける服や、歩きにくい靴は苦手だった。

メーガンが白衣とサンダルという服装ばかりなのは、コーディネートとか考えなくていいし、何かと便利だし、身体が楽だからだ。メーガンを変身させるには、こうした条件を満たす新しいワードローブをそろえればいい。

これならすぐに買い物リストもつくれる。医者のメーガン先生を、ひとりの女性に変えるのは難しくなさそうだ。そう思った私だが、寝室のクローゼットを見たら腰を抜かしそうになった。ハンガーにかかった白衣がずらりと並んでいて、「ふつう」の服がどこにもない。ほかの服も見せてもらえる？　私はメーガンに言った。

メーガンの顔が赤くなった。「えー、ほんとに見たいの？」

私はきっぱりうなずく。

「それじゃ、ランドリールームに案内するわ」

そこは言ってみれば第二のクローゼットだった。コンクリートの床に汚れ物が散らばり、洗濯ずみの服はかごに入ったまま。乾燥機には濡れたジーンズがつっこまれていた。

「メーガン、洗濯物が山積みだけど、これはいつ着たものなの？　とにかく家にある服をすべて一か所に集めないと始まらないわ」

メーガンの視線が宙をさまよう。「えーと、実を言うとけっこう前よ。最近はクローゼットの白衣ばっかりなの」

私たちは洗濯をせっせとやって、乾いた服をメーガンの部屋に運びあげた。ワードローブ改造の第一歩として、自分のライフスタイルを考えながら、服をカテゴリー別に分けてもらう。フォーマル、ナイトアウト、オフィス、カジュアルウィークエンド、それにナイトウェアだ。でもメーガンは、ぶつぶつ言いながら服の山のあいだを行ったり来たりするばかりで、ちっとも分類が進まない。どうやら白衣以外は、医学部に進学する前に買ったものらしい。どれもいま着るのは少々厳しい。

「メーガン、いま着られるのは仕事用の服だけみたいね。その理由もわかった気がするわ」

私の父も外科医だから、医師という仕事は時間を奪われることをよく知っている。父は家庭を犠牲にしないよう配慮して激務をこなしていた。それでも患者のためにがんばればがんばるほど、自分の生活が荒れていくのだ。メーガンのクローゼットに白衣しかないのは、それ以外の生活がないということ。仕事に飲みこまれてしまう前に、自分自身を取りもどさなくては。

「一週間のスケジュールはどんな感じなの？　仕事とそれ以外の生活に、それぞれどれぐらいの時間を費やしているのかしら」

一週間の過ごしかたを細かく見ていくと、メーガンは仕事以外の時間は何もしていないことがわかった。仕事というランニングマシンに乗ってずっと走っているから、自分のために使う時間はないに等しいのだ。さすがにこれはまずいとメーガンは気づいた。バランスの悪すぎる人生は、人生とは呼べない。メーガンはワードローブを改造する以前に、もっと大きな変革に取りくむ必要があった。

## 治療開始

その日は、私はメーガンにフェイスブックを始めてもらった。メーガンの自己イメージを探るうえで、SNSが大いに役に立つと思ったからだ。インターネット上での自分の「見せかた」には、その人の内面を探るヒントがたくさん隠されている。メーガンが登録したプロフィールは、予想どおりただの履歴書だった。これまでの業績とか、どんな団体や組織に属しているかがずらずら並んでいる。アップされる写真も成功の記録そのものだ。もちろん自分に誇りを持つのは良いことだ。でもメーガンの場合、外からの評価でしか自分の価値を測れないのだ。

ただ、いくら自己洞察をしても行動しなければ意味はない。アンバランスな生きかたに気づいたメーガンだが、積極的に変わる方向に背中を押してあげなくてはいけないだろう。

そこで二回目にメーガンの家を訪ねたとき、自分を表わす単語を書きだしてもらった。肩書、賞、学位……対外的なものばかりだ。「アイビーリーグの大学を優等で卒業し、医師になった」こと以外に、自分を表現する言葉はないのだろうか。

「これのどこにメーガンがいるの？」私は質問した。

この人、頭がどうかしちゃったの？　メーガンはそんな顔をしたが、私はもう一度質問を繰りかえした。

「これが私よ。言っている意味がわからないわ」

「ここに書かれているだけがあなたじゃないはずよ。だって、これはただの履歴書だもの。私が見たいのは、あなたならではの何か。学歴や医師としての実績に誇りを持つのは悪いことじゃない。でもそれがアイデンティティのすべてになっているの。さあ、いまの課題を最初からもう一度やってみて。でも今度は履歴書に出てこないメーガンを探してね」

メーガンはうなずいたが、最初よりはるかに苦戦している様子だ。彼女はこれまで、高い目標を達成することに時間と労力を費やしてきた。一流大学に入り、医学部に進んで、いまは開業医としての成功をめざしている。

「できたわ。惜しみなく与えられる、共感できる、分析力がある——これが私のリストよ。でもすごく大変だった。油断すると履歴書になってしまうの」

「すばらしい。私が見たかったのはこれよ。それじゃ、これを習慣にしていく方法を考えましょう」

メーガンは行動プランを立てて実行するのが得意だ。彼女には、内側に目を向けて自分という人間を掘りさげてほしい。これまでは外からの評価を集めてばかりだったが、それに頼りすぎると、つまずいたときに一気に自信をなくしてしまう。

医療に無関係な人との交流を増やして、予定を埋めていくこと——それがメーガンに与えられた行動プランだった。仕事から離れた新しい世界で、新しい人と触れあうことがメーガンには必要だ。

メーガンにはもうひとつ宿題を出した。これから一か月間、新しく知りあった人に自分の業績を語ってはいけない。それには心理学で用いるディフレクションが役に立つ。患者からプライベートな質問をされたときにうまくかわすテクニックだ。

「さあ、臨床面接入門の講義を始めるわよ。たとえば大学の専攻はと質問されたら、こんな風に答えるの——専攻科目は人生です。教養科目をたくさん選択しました。幅広い分野を勉強してきました。そしてすぐに会話の流れを引きもどし、患者の学習歴とか、内面のこととか、こちらがしたい質問を投げかけるわけ」

ディフレクションの方法を伝授されたメーガンは、自分なりに場面を想定してみた。「お仕事は何ですかと聞かれたら、人を助ける仕事と答えればいいのね。さらに突っこまれたら、理系分野ですとか、医学ですと答える。あとは私が同じ質問を返したり、話題を変えたり、自分の得意なことの話をすればいい」

行動プランどおり、メーガンは新しい出会いがある交流イベントに積極的に参加しはじめた。やがて彼女のなかに、仕事の業績を増やすのではなく、内面をもっと成長させたいという意欲が芽ばえてくる。一か月後、私はふたたびメーガンの家を訪れた。

「どんな感じ？」

「初対面の人に、自分の仕事や出身校の話をしないように意識して努力したわ。そういうことを口にするのって、自分を大きく見せたいからなのね。でもそれを禁じ手にしたら、自分の何が特別で、何が良いところなのか本気で考えるようになった。もしいまの学歴とか仕事がなかったら、自分の存在は価値があるのかって」

「それで答えは？」

「いろんな人に会って、それぞれの生きかたを聞くうちに答えが見えてきた。すべての人は、生まれながらに価値を持っているとみんな言う。他人に関してはそのとおりだとうなずけるけれど、でも自分についてはどう？　とてもそうは思えないのよ」

つまりメーガンは、他人の内面的な資質や、本来備わっている価値を評価することはできるのだ。問題はその目を自分にも向けることだった。受験に失敗したり、学校をやめたり、肩書なんてない仕事をしている人たちにも、光る何かがある。ならば自分は？　この課題を通じて、メーガンは初めて自分のありのままの価値を知った。

やることはまだある。働きっぱなしの生活を変え、ワークライフバランスを実現しなくてはならない。まずはほこりをかぶった手帳をひっぱりだして、リラックスタイムを予定に組みこむことにした。月曜、火曜、木曜は仕事がフルタイムなので、夜をリラックスタイムに当てる。〈オプラのライフクラス〉や〈ルポールのドラァグレース〉など、大好きなテレビ番組を見まくる時間だ。水曜と金曜は半日勤務。メーガンは友人たちと遊んだり、キックベースボールで身体を動かしたり、ご近所グルメ探訪に出かけたりする予定を立てた。土曜と日曜は冒険と興奮の週末だ。ドライブに出かけたり、ブラインドデートを楽しむ。

## 自分の再発見

「やっと自分を見つけたわね」私はメーガンに言った。「学歴や業績を抜きにして、自分がどんな人間なのか知ることができたのよ。自分のアイデンティティに不可欠だと信じていたことをあえてはずしたから、ほんとうの自分が見えてきたの」

いまメーガンは、以前なら「楽しむことが目的なんて、医師の自分にふさわしくない」と決めつけていたことにも積極的に挑戦している。キックベースボールのチームや、競技目的ではないダンスサークルにも入った。仕事はあいかわらず忙しくて、恋人探しの時間もなかなかつくれないので、カップリングパーティーにもよく顔を出している。

新しいアイデンティティを見つけたメーガンには、それにふさわしいワードローブが必要だ。でも自分という人間がよくわかっていれば、服選びはちっとも難しくない。メーガンは医師であり、頭の良い行動派だ。そんな自分らしさを表現できる服がいちばんしっくりくるはずだし、着心地が楽で、お値段も手ごろという条件もはずせない。

そこで私たちが仕事用に選んだのは、仕立てが良くてシャープなラインのクラシックな服にキトゥンヒールだった。いっぽう週末となると、メーガンは〝次の〟新しいことに挑戦したくてたまらない。そこで仕事のときほどかっちりしておらず、色が華やかでスパイシーな組みあわせにする。インド風の服やアクセサリーが好みということで、派手なチュニックにゴールドのバングルやイヤリングを合わせてみた。これならZARAやH&Mで簡単にそろう。趣味がはっきりしていて、自分に似合うとわかってさえいれば、どんな店で、どんなに安く買ってもすてきに見える。

一か月後に自宅を訪ねたとき、玄関に現われたメーガンは目も覚めるような色のタンクトップにひだ飾りのプリントスカートを合わせ、ウェッジソールをはいていた。これから同僚とデートだという。職場でも時間をつくって、みんなと昼食を食べるようにしたら、距離が縮まったのだそうだ。

「いまはちょうどいいバランスなの。夜や週末は、医師としての仕事や意識から離れて、ただのメーガンになれる。それに飽きてきたら、ドクター・メーガンに戻ればいいのよ」メーガンは努力してかちとった医師のアイデンティティは少しも損なわず、空白だった部分を上手に埋めることができた。私の前に立つメーガンは、外見も内面も充実したひとりの輝く女性だ。目の下のクマをとるいい薬はない？　私はそんな質問を飲みこんだ。だっていまは勤務時間外だから！

## 今度はあなたの番

### 失業のススメ

私たちもメーガンと同じで、人生のかなりの時間を仕事に捧げているし、アイデンティティや自分の価値の大部分は仕事がよりどころになっている。「お仕事は何を？」というのは会話の糸口の定番だ。仕事以外でも、趣味やボランティア、社会活動といった〝業績〟が話題の中心になる。

テクノロジーの発達で、職場にいない時間でも仕事がついてまわるようになった。働く人を楽にするはずの工夫で、かえって仕事にしばりつけられる。私生活にまで仕事がはみだしてきて、家が職場の出先機関だったり、それどころか本社の役割まで果たすようになった。寝室にはファイルや重要書類、やりかけの仕事が散乱しているし、車は仕事用の靴や着替え、軽食が常備された第二の職場状態。ワードローブだって、仕事で着るものばかり。「私」という人間はどこにいる？

私は医学部時代にワークライフバランスで苦労した。時間と体力を研究に注ぎこみ、自分のアイデンティティや成功基準も研究の業績がすべてだった。文献を読み、論文を書き、研究の準備をしたり、診断を下したりすることが一日のすべてで、それ以外のことは生活から完全に消えていた。ようやく時間に余裕ができて、友だちと遊びに行ったり、デートができるようになったとき、着るものが何もなかった。そのころの私のワードローブときたら、パンツスーツ、セーター、ボタンダウンシャツ、タイトスカート、ブレザー、ハイヒールだけ。服を買いに行かなくちゃと焦ったけれど、問題の根は深くて、買い物だけでは解決しない。人生のすべてを研究と勉強に捧げていたから、それ以外の時間は生きる意味がないも同然だったのだ。

仕事が自分のアイデンティティであり、生きる目的になっている人は、転職するときの要領で「自分サーチ」をやってみよう。

1. **自分が好きなことを書きだす。**
読書、ショッピング、料理など。「困っている人の話を聞いて、助言をすること」というのもあり。

2. **成功しそうな趣味をひとつ選ぶ。**
走るのが速い、絵が上手、歌がうまいなど。1. で書きだしたことのどれかであることが多い。結果優先ではなく、楽しみを充分に味わうことができれば、それが成功だ。

3. **無理なくやれそうなことを五つ選ぶ。**
よくばりすぎると、仕事と変わらなくなってしまう。

4. **いざ、実行！**
大切なのは、計画も日程もゆるめに設定すること。しばらくやってみたあと、思ったほど楽しくなかったり、上手にやれなかったりしたら、次の候補に移ろう。

これであなたは一介の働きバチから、役者、歌手、作家、画家、指導者に変身できる。私が選んだのは、おしゃれをすること、他人の力になること、健康の知識を広めること、文章を書くことだった。これらを実行した結果――いまあなたが読んでいるこの本が誕生した！

仕事と私生活にきっちり線を引くのは難しい。でも仕事を離れているときは、思いきって〝失業〟してみることも大切だ。

## ワークライフバランスを実現するためのテクニック

### 人生を精査して、問題を発見する

問題がないと思っている人は、真の問題に気づかないままだ。仕事が忙しすぎて、人生を見つめなおす時間なんてないと言う人は、第三者から見ればバランスが崩壊している。仕事を減らして、楽しむ時間をつくらなくては。

年間、月間、週間のカレンダー、それに一日の予定表を眺めてみよう。時間の使いかたを円グラフにしたら、仕事が大部分を占めているはず。仕事の割合を減らして、ほかの活動に振りかえよう。でも、そうなればいいなと願うだけではダメ。誰かがバランスをとってくれると期待してもダメ。自分で行動を起こさないと、いつまでたってもバランスは悪いままだ。

## グループとスケジュールを組みかえる

人生を見つめなおした結果、ワークライフバランスが悪すぎることに気づいたら、パターンを変えなくてはならない。スケジュールはぎっしりだし、テクノロジーのおかげで、いつどこにいても仕事ができるのは事実。それでもどこかで線を引く必要がある。境界線を設けないと、バランスはとれない。

友人、家族、食事、運動……生活のあらゆる面に境界線は存在する。同じことを仕事でもやってみよう。まず、たとえば週末に働くのは早朝だけにするなど、仕事のために費やす時間にとりあえずの上限を決める。家で仕事をするスペースを決めて、コンピューターや資料、ファイルなどは寝室には持ちこまないと決めるのも、重要な境界線だ。

精神的な境界線も必要になる。それは思考、言葉、行動を仕事向けとそうでないことに意識して分けることだ。家族とのんびりしているとき、仕事のことは考えないようにする。

最後は感情的な境界線だが、これがいちばん難しいだろう。瞑想を通じて、仕事への不安や心のざわつきを静めるのもひとつの方法だ。

## 盗むように時間を見つける

目がまわるほど忙しい日でも、ひとりだけの時間はかならずある。ベッドで目覚めて、起きだすまで。服を着がえているとき。コーヒーを飲むあいだ。シャワーを浴びている時間。駅から会社まで歩く道。次の得意先までの移動。帰宅途中の車のなか。ベッドに入って眠りに落ちるまでのわずかなあいだ。ともすると見過ごしてしまいがちな、ささやかな時間ばかりだけれど、こうした時間を仕事の息抜きにしよう。エネルギーが切れそうになったら、そこで充電するのだ。

バランスを取りもどす工夫はまだある。デスクにきれいな花や写真を飾る。上質なクッションを使う。静かな音楽を聴く。いつもデスクで食べるお昼も、たまには外の公園に行ってみる。外食のかわりに、豪華なお弁当を持ってくる。お出かけみたいな華やかな服装で出勤する。ディスプレイの壁紙を、自分のベストショットにする。どれも殺伐とした仕事にうるおいを与えてくれるはず。

## 最小化と区分化

自分の仕事を一段高い視点から眺めてみよう。ストレスでへとへとになっているいまのプロジェクトは、ほんとにそれだけの価値があるの？　これから一週間、あるいは一か月、ひょっとすると一年、ずっとそのことだけを考えていられる？　答えはきっとノーだ。仕事で人生が過飽和状態だと感じたら、ほんとうに必要なことしかやらなくていい。のんびりくつろいだり、友人づきあいや趣味にあてるべき貴重な時間を仕事に使うなんて、それこそ時間の浪費だ。いまより仕事は増やさず、効率重視で行こう。集中力を高めれば、きっと半分の時間で終わる。あとはゆっくり過ごせばいい。

仕事は職場に置いて帰る――この原則を徹底したほうがいい。私がよく聞かれるのは、患者を自宅まで送りとどけたり、患者のつらい状況が頭から離れなかったりするのかということ。でもそれだとまちがいなく治療の効率が落ちる。仕事をしているときは、持てる力を一〇〇パーセント発揮する。でもいったん職場を出たら、仕事のことはいっさいひきずらない。

## 支援すること、明けわたすこと

長く苦しい航海では、船の操縦は経験豊かな乗組員にまかせるのがいちばん。もちろん、同じ船で運命をともにする仲間を気づかい、ときに激しい議論もしながら、おたがい支えあうのだ。これ以上は無理だとあきらめそうになっても、仲間の笑顔やジョークで救われることもある。

負担が重すぎるときは、人員を増やしたりしてひとり当たりの仕事量を軽くしよう。ほかの人に助けを求めることは、恥でもなんでもない。自分の限界をいさぎよく認めて、手に負えない部分は明けわたす。それはバランスのとれた人生を実現する者に課せられた重要な義務だ。

## カプセルワードローブで行こう

時間もエネルギーも足りない人に断然お勧めしたいのがカプセルワードローブ、つまり最小限のアイテムから多彩なコーディネートを展開していくテクニックだ。小学校の授業で習ったように、限られた数の単語にも驚くほどたくさんの組みあわせがある。カプセルワードローブでそれを服に応用していこう。

一九八〇年代にカプセルワードローブを広めたのはダナ・キャランだった。ボディスーツ、コート、ジャケット、ブラウス、スカート、パンツ、それにイブニング用ドレスという「七種の神器」を軸に、多様なカプセルコレクションを提案したのだ。これが働く女性や、お財布に余裕がなかったり、ワードローブの構築に自信がない女性たちの人気を集め、ほかのデザイナーも続々とカプセルコレクションを打ちだすようになった。

もちろん、デザイナーでなくてもカプセルコレクションはつくることができる。まず時と場所を選ばずに着られるアイテムを五〜一〇点選ぶ。もし最小限の荷物で無人島暮らしをすることになったら、どれを持っていく？　もし家が火事になったら、とりあえずどの服を持って逃げる？　ボディコンシャスドレス、ブレザー、レギンス、トップスあたりが無難なところだろう。

大切なのは、併用や組みあわせがきくこと。色はクリーム系や黒でそろえる。ほかのアイテムで置きかえがきくものは除外。パンツがあればレギンスはいらない。靴はライディングブーツ、サイハイブーツ、アンクルブーティ、ウェッジソール、ハイヒールあたりで。タイツ、ストッキング、スカーフ、帽子、ジュエリーといった小物も忘れずに。

最小限のアイテム数で効率的に着こなしの幅を広げることが、カプセルコレクションの目的だ。小さなスーツケースにおさまるぐらいでも、ワードローブとして十二分に機能するはず。あまりに少なくてさびしい？　だったら、ニーナ・ガルシアの『ワンハンドレッドきれいな女性が持っているおしゃれアイテム100』[*3]を読んで、このなかから効果的なミニマルワードローブを自分で選ぶといい。

仕事は必要に迫られてしている人がほとんどだろう。大嫌いな仕事でも、やりがい充分な仕事でも、働きすぎにブレーキをかけるのは難しい。それでも仕事だけが人生のすべてじゃない。仕事一色に染まっている生活なんて、生活じゃない。だけど働きかたを自分で変革してコントロールできるようになれば、ワークライフバランスが実現して、毎日の生活が喜びにかわるだろう。

第六章

# ちがいのわかる女？

## 全身ブランドずくめ

ファッションは自分という人間を売りこむ広告だ。シャツ、スカーフ、ドレスといった個々のアイテムは、それだけ見ても何も感じない。心理学でいう中性刺激というやつだ。ところが、刺激的なイメージをいっしょに刷りこまれると、シャツを見ただけで心がおどるようになる。これを専門用語で古典的条件づけといい、要するにブランドの広告がやっていることだ。

アバクロンビー&フィッチのショップに入ったら、馬に乗った裸のイケメンのポスターがいきなり目に入った。ポスターの刺激で情動反応が引きおこされる……ぶっちゃけて言えば興奮したということ。この古典的条件づけができあがれば、ポスターや服がなくても、アバクロンビーのロゴを見ただけでぐっとくるようになる。そしてセクシーな気分になりたい、セクシーに見せたい女性はアバクロンビーの服を買う。これがブランドのねらいだ。

この服を着ることで気分を変えたい。この服を着て、周囲に「おや?」と思わせたい。ブランドは、そんな私たちの願望をうまく突いたデザインや広告を世に送りだし、収益をあげている。デザイナーズブランドの服は、ただ布地を裁断して縫製したものではない。そのブランドのありとあらゆる価値がくっついている。つまり私たちは「ブランド体験」を自分のものにしたくてお金を払っているのだ。それによって、ブランドが自分の一部であることを周囲に発信もできる。

ブランド体験は、個々の商品ではなくブランド全体の個性を伝える広告がつくりだす。ファッション雑誌のページや、インターネット上に展開される広告は、見る人を刺激したり、リラックスさせたり、喜びや活力を与える。

ブランドを特定の人物や場所、ものに象徴させることもある。パールやスパンコールで飾りたてた映画スターが、パリのエッフェル塔を背景にポーズを決める。スペインのポロ競技場で、つばの大きな帽子で観戦する女性たち。白いロールスロイスの革張りシートに置かれた、カシミアのブランケットとキャラメル色のスエードのグローブ。購買心理の研究では、消費者が自分の所属と考える集団、すなわち「リファレンス・グループ」の動向が買うかどうかの決定を左右すると言われている。広告に登場するようなあこがれの有名人やセレブも、このリファレンス・グループに入っていることが多い。

ものを買わせるための手段は、もちろん広告だけではない。ショップの雰囲気も重要で、音楽や照明、花で演出したり、ディスプレイも工夫する。店内に滞在する時間を長くして、商品を買ってもらうためにプロが知恵をしぼり、計算しつくしているのだ。

ショップの店員だって、もちろんブランドの一部。高級ブランド店はもちろん、ローエンドのショップでも、電話の応対からネイルの色まで、ことこまかく規定されている。私自身の経験では、黒い服やジュエリーはご法度という店や、お客から声をかけられるまで無視する決まりの店、お客に「早く買わなくちゃ」と思わせるために、いつも忙しそうなふりをするよう指示する店もあった。

ショップと店員はブランドの特徴をよく表わしている。私たちの服を買えば、あなたもこんな風になれるのよ――店員たちはそんな無言のメッセージを強烈に発している。

## ロゴの威力

ブランドの広告はテレビや雑誌、店頭だけではない。そのブランドを着ているあなたも「歩く広告塔」だ。フルーツショップの前で、バナナの着ぐるみが陽気に踊って客寄せする光景を見たことがあるだろう。あなたもそのバナナということ。

ブランドのロゴは、商品を売り、顧客をしっかりつなぎとめる強力なシンボルだ。Cを二個重ねたシャネルのモノグラム、バーバリーのタータンチェックは、ブランドにふさわしい高級なライフスタイルを象徴している。ステータスを確立するうえで、ブランドロゴはとても効果的だろう――自分はこれが買えるぐらいお金持ちで、贅沢なライフスタイルの人間なのよと声を大にして叫んでいるのと同じだからだ。

とはいえブランドの重要性も時代とともに移りかわる。私が医学部の学生で、超がつく貧乏生活だったときは、ちょうどブランド全盛期だった。私は食費を切りつめてブランドものを買いまくった。ワードローブはブランドのロゴだらけで、教室に向かうエレベーターで鏡に映った自分を見たら、コーディネートもへったくれもなかった。そんな執着から卒業できたのは、ブランドロゴなんて牛のまだら模様と同じと気づいたからだ。

ロゴにこだわりすぎるのは、失敗ファッションでおなじみの特徴だ。スター、セレブ、有名人みたいになりたくて、彼女たちのワードローブ、とくにブランドを得意げにまねする。その姿はたんに見た目でなく、もっと深いメッセージを周囲に発信している。

**ブランド依存度チェックリスト**

- □ デザイナーズブランドしか買わない。
- □ ブランドのロゴやラベルがばっちり見える服が多い。
- □ ロゴがじゃましてコーディネートできないことがある。
- □ クローゼットにある服の数々は、ブランドのタグがなかったら買わなかったかも。
- □ これはデザイナーズブランドの服なのと自慢するのが楽しい。
- □ ブランドを着ていると自分が成功者になった気がする。
- □ タグやデザインがそれらしければ、コピー商品を買うかもしれない。
- □ ロゴがめだつ商品ほしさに、ウェブサイトやリサイクル店めぐりをすることがある。

□ブランドというだけで、体型やライフスタイルに合わない服を買うことがある。
□ブランドを身につけていないと落ちつかない。
□自分より格上、あるいは値段の高いブランドを持っている人を見ると、負けた気がする。
□自分より格上、あるいは値段の高いブランドを持っている人を見ると、いま持っているものを捨てたり、買いかえたりしたくなる。
□デザイナーズブランドのタグは、高品質の証だと思う。
□お気に入りのデザイナーは、作品自体もだけど、そこにある謎めいた雰囲気も好き。
□無理してでもブランドを手に入れることがある。
□自分のものだと思わせるために、ブランドを借りて着ることがある。
□友人や家族から、服の選びかたを変えたほうがいいと言われる。
□ブランド一辺倒になりたくないと思う。
□自分を変えようとしてうまくいかなかったことがある。

以上の質問で大部分が「はい」だったら、ブランド依存症の可能性大だ。全身をデザイナーズブランドで固めてしまうほんとうの理由は、あなたの内面にある。この章ではそれを明らかにして、ブランドを別のものに置きかえる工夫を学んでほしい。真のアイデンティティが見つかれば、デザイナーの名前に頼ることなく、等身大のワードローブが構築できる。

case study

## 最高のブランドは私！と言いきれるようになった話

メアリーが抱えている悩みは、彼女がオフィスに入ってきた瞬間にわかった。シャネル、ルイ・ヴィトン、ドルチェ&ガッバーナ……高級ブランドのロゴとモノグラムが全身にちりばめられ、実用性とか機能性はまったくおかまいなしの服装だったのだ。

「着ているものはみんなデザイナーズブランドなのに、ありがちでインパクトが出ないの。いまのワードローブでもっとスパイスのきいた着こなしをしたいし、ちがう見せかたをしたくて」

そう語るメアリーは、赤いソールのルブタンの靴、黒とターコイズのビーズがついたトリーバーチのロゴ入りチュニック、シャネルのモノグラム入り黒のレギンス、ファーの衿がついた黒のシャーリングコートといういでたち。ど、どこがありきたりなの？ このまま高級レストランのハッピーアワーに繰りだしたっておかしくない。スタイリングのお悩み相談に来た人には見えなかった。

「メアリー、だいたい毎日こんなコーディネートなの？」

「そうよ。デザイナーのきらめく感性を出したいと思ってるの。どんな場面でも、最高の装いをすることが大切よ……だから今日もこれで来たわ」

メアリーは気をきかせて、ワードローブの多くを車で持ってきていた。すさまじい量の服をオフィスに運びいれ、一着ずつ見ていく。

「すごい、ここにある服はほとんどがデザイナーズブランドね。この傾向はいつから始まったの？」

自分の高級ブランド好きは、母親のクローゼットでつちかわれたとメアリーは言う。子どものころクローゼットにもぐりこんでは、カシミア、シルク、毛皮の手ざわりを楽しんでいた。色やデザイン、素材が異なる靴もずらりと並んでいて、小さい足を入れて遊んだ。子ども時代のいちばんの思い出は、うんとおしゃれして母親が働く高級婦人服店を訪ねたことで、母親のハイヒールが床に響く音がいまもよみがえるという。

「なるほど、始まりはお母さんなのね。ファッション観はお母さんの影響を受けた。服のコレクションは何歳ぐらいから？」

「自由になるお金ができたらすぐよ。大学生になったとき、母を見習ってデザイナーズブランドのショップでアルバイトを始めたの。すてきな服がたくさんあって、もちろんお値段もかなりすてきだったけど、そこはあまり気にならなかった」

完璧におしゃれを決めた女性客が、パンツ一本、セーター一枚に何千ドルもぽんと出す。そんな店で働くうちに、メアリー自身も高級な服を買うようになった。

「買う義務はなかったのよ。でもお金持ちの女性がお客さまだから、こちらも相応の格好をして、同じ土俵に立つことが大切だったの。それで富裕層の女性が着る高級なワードローブを少しずつ集めるようになった。自分は富裕層からほど遠いのにね」

それにしても、メアリーの服はブランドロゴがやたらと大きくて目がちかちかする。「ブランドが大好きになった理由はよくわかったわ。でもメアリー、あなたの服はロゴがめだつものばかり。これはどういうこと？」

私の質問にメアリーはうろたえた。「そ、それは、つまりお金がなかったからよ。高いお金を出して買うのに、ロゴが見えなかったらお話にならないわ」

服の山を少しずつ掘りだすうちに、私は確信した。どれもクローゼットではなく服飾博物館におさめるのがふさわしいものばかりだ。「服がどれもありがちで、組みあわせがうまくいかないというのがあなたの悩みだったわね。試しにちょっとコーディネートしてみて」

メアリーはお気に入りの服をいくつかひっぱりだした。けれども派手なロゴがじゃまをして、ちっともアンサンブルにならない。

「何が問題なのかわかる？」

メアリーは首を横に振った。

「ロゴやモノグラムがじゃまをしているの。これではトータルな印象をつくれっこない」

ここで必要なのは、ブランドのロゴやモノグラム、特徴的なパターンがまったく入っていないアイテム。それが真っ白なカンバスの役割を果たす。でも、メアリーのワードローブにそんな服は皆無だった。

## 治療開始

「メアリー、世界中のお金が自分のものになったら、どんな服を買いたい？　ロゴの入ったやつ？」

「そうねえ。それだけお金持ちなら、ロゴなんて必要ないわね」

「でもいまはロゴの入った服を買うのよね」

「うーん」メアリーは考えこんだ。「ロゴがあると、自分がひとかどの人間になった気がするの。成功した人に見られたいのね。人は見た目で扱いが変わってくるし。母がそう教えてくれた」

母親は仕事を通じてそういうことを学んだのだという。「周囲から一目置かれたいなら、それにふさわしい服装をしなさい。尊敬は勝ちとるものだなんていうけれど、そんなのうそっぱち。お金持ちっぽい格好をしないと相手にされない。安っぽい服装で大切にされたいなんて、身のほど知らずよ」

メアリーの言葉は一面の真実を突いている。外見イコール中身ではないとはいえ、自分の本質的な価値観に反するような服装はしてはだめなのだ。ただし、安い服を着ているからといって価値がないわけでもない。メアリーが学ばなかったのはそこだ。彼女がロゴの入ったデザイナーズブランドを着るのは、そのデザイナーが好きだからでも、その服が気にいったからでもない。周囲に評価され、価値を認めてほしいからだ。でも、メアリー自身が自分自身の価値を認めていない。

セッションのなかでわかってきたのは、ブランド服を買いすぎてお金が乏しくなればなるほど、メアリーは高級ブランドに走り、ロゴ好きに拍車がかかったということ。クレジットカードの限度額を使いきり、必需品の買い物を切りつめ、残業しまくっているときは、自分の服がどれほど高かったか知ってもらいたくてたまらない。つまりブランドロゴは値札と同じなのだ。稼ぎが成功の尺度になっているメアリーは、自分にがっかりすることが多い。その失望感を埋めあわせてくれるのが、ブランドロゴでもあった。

つまりメアリーは、自己同一性(アイデンティティ)の危機に陥っている状態だった。外から借りてきたもので自分の価値を証明しようとしているのだ。自分が何者かを知るには、目標を設定して達成し、自分の価値観と信念とじっくり向きあわなくてはならない。自分の隠れた才能を見つけ、家族の歴史をさかのぼって知ることも必要だ。着ているブランドだけで判断を下されるのがどういうことか、メアリーは知る必要がある。

## ロゴをはがす

ブランドロゴという〝安心毛布〟を持たずにショッピングモールに行く。これがメアリーの次の課題だ。ジャージの上下にはきこんだスニーカーという、ジムに行くときのくだけた格好になると、メアリーは落ちつかなくなった。きっとショップの店員に無視される……でもそれがねらいなのだ。

ジャージにスニーカーで高級店に入ると、案の定メアリーはほとんど相手にされなかった。モール内の店をめぐること二時間、そろそろ助け舟を出してあげよう。

「服装だけで判断されるのって、どんな気分だった？」

「最悪。人間扱いされてないみたいでむかつくわ。高級ジュエリーとか、ピンヒール、カシミアのセーターとか、そういう格好をしていればご立派なの？　そんなわけないわ」

「メアリー、そこよ。自分が服装で判断されたら腹が立つけど、他人には同じことをやってしまう。でもいちばんの問題は、そんなあやふやな物差しを自分自身に当てはめることなの」メアリーは〝ひとかどの人間〟に思われたくてブランドロゴに固執しているけれど、それはスウェット姿のメアリーを無視した店員がやっていることと同じ。人間の価値はブランド服ではなく、内面の資質で決まるということをメアリーに納得してもらいたかった。

ショッピングモールでの課題はこれにて終了。私たちはメアリーの家に戻り、ワードローブのなかで残しておくもの、処分するものの選別を始めた。デザイナーズブランドでなくても、ロゴやモノグラムがなくても、お財布に負担をかけないすてきな服はたくさんある。そのことに気づくのが次の目標だ。

## 白いカンバス

時代遅れ、あまりにデザインが強烈、ロゴがめだちすぎ……ワードローブからそんな服を選びだす作業は、意外なほど楽に進んだ。捨てた服の代わりは、時代に左右されない基本的なデザインのもので埋める。それはメアリーお気に入りのブランド服ともしっくりなじんだ。スタイリストは、地味めな服に大胆なアイテムを加えて、印象をがらりと変える。特徴のないジーンズに存在感たっぷりのベルトを合わせる、シンプルなスカートを華やかな靴でドレスアップする。メアリーの場合、〝ありがち〟なブランド服に新鮮な感覚を吹きこむためには、めりはりをつける必要があった。ロゴも何もない、白いカンバスのような服と組みあわせて、ブランドに光を集めるのだ。

ワードローブの選別を終えたメアリーは、処分する服の穴埋めとして、多機能でシンプルな服を買いに行くことにした。お手ごろ価格の店にだって良質な服がたくさんあるのだが、メアリーはつい高級店に目がいってしまうし、ファストファッションの店で服を見ることに抵抗があるようだ。

そこで私は提案した。高級店でメアリーがいいと思うコーディネートをひとつ選んでみて。それを格安で再現してみせるわ。そんなテレビ番組があった気もするが、ともかくメアリーが選んだのはワイド幅のジーンズにぱりっとした白のシャツ、ウェッジソールという組みあわせで、それに自分が持っているシャネルの真珠とカメリアのネックレスを合わせるという。私はエクスプレス、リミテッド、フォーエバー21、ZARAをまわって、あっというまに同じ装いをつくりあげた。高級ブランドとファストファッションから自由に服を選んで、ミックスしたってまったくかまわない。お金をかけなくても、かっこいいおしゃれはできるのだ。

これと思った服を数着買ったメアリーは、さっそく手持ちのワードローブをもう一度眺めて組みあわせをいろいろ考えた。うまくいきそうだとわかったところで、選別した服の処分方法を考える。傷みがひどくて着られないものは捨てるとしても、別の誰かのワードローブやコレクションに入ればまだまだ活躍できる服もたくさんある。

メアリーは身の丈に合わない買い物をしすぎて赤字状態だから、ただで譲渡するというわけにはいかない。そこで紹介したのがイーベイだ。彼女の服はビンテージものだったり、リミテッドエディションだったりするので、オークションにかければ買値より高い金額で落札される可能性が高い。ネットオークションの世界を知ったメアリーは、新品であることにこだわらないなら、高級ブランドの服が格安で入手できることも理解した。

ワードローブが新しくなり、ネットオークションにも挑戦するようになって数週間後、私はもう一度メアリーに会った。彼女は、他人や自分を外見で判断する価値観にも変化が起きていたようだ。

「すごく自由なの！」それがメアリーの第一声だった。

これは、クローゼット改造に踏みきったクライアントに共通する感想だ。手ばなすことで新しい力を手に入れ、少なく暮らすことで豊かになり、与えるかわりにそれ以上のものを受けとる。ぱっと見は矛盾するようだけど、それがクローゼットの大整理を敢行した人の実感だ。

「クローゼットがすっきりしただけじゃない。自分への厳しすぎるものさしも捨てることができたから、自由になれたのよ。外見だけで決めつける価値観に、少しずつ自分が削られていた。他人に同じことをされて、やっとその痛みに気づいたわ」

メアリーのものさしは、母親から与えられたものだ。疲れたり、落ちこんだりした日は、とくに自分を責める傾向があることにメアリーは気づいた。そこでセルフケアでストレスを解消するように努めたら、気持ちが楽になったという。

「まだ道のりはなかばだけど、ここが正念場よ」私はそう励ました。

いろんなブランドのロゴを身にまとってきたけれど、いちばん大切なロゴは「私自身」——メアリーはそれにようやく気づいた。この世に生まれてきたありのままの自分。それが世界で最高に価値あるものなのだ。

## 今度はあなたの番

### 現実感を取りもどす

お風呂からあがり、バスローブのままでごろごろしながらテレビをつける。あこがれのデザイナーズブランドで着飾った、華やかで、少しおバカな有名人がたくさん出てくる。リアリティ番組で注目された人、女優の卵……テレビのこちら側にいる私たちと大差ないような女性たちが、華やかなブランドをまとっている姿を眺めるうちに、私たちの脳内でちょっとした変換が起こる。自分もあの人たちと同じおしゃれができる、いやできなくちゃおかしいという確信が生まれるのだ。この「彼女ができるなら私だって」感が増大すると、ライフスタイルも預金残高も無視して、お高いブランド服を購入してしまう。

こうしてハイエンドなブランド買いが日常的になると、目玉が飛びでるような値段にも驚かなくなる。心理学でいうところの、反応が「消去された」状態だ。メアリーもそうだった。最初はうんと背伸びしていて高価な服を買っていたけれど、何度も繰りかえすうちに慣れっこになっていった。

いま私が大きな音を立てたら、あなたは驚き、恐怖を感じるだろう。これは音という刺激に対して自然に起きる反応だ。でも、何度も大きな音を聞かされていると、反応が薄れてびくともしなくなる。これが馴化《じゅんか》だ。病院の隣に住んでいると、昼夜関係なく到着する救急車のサイレンもいちいち気にならない。

いっぽうで私たちが反応を学習する刺激もある。赤信号で停止するのもそのひとつ。こちらも、刺激が繰りかえされて反応が起きなくなることがある。それが消去だ。服の値札は、数字が大きいほど衝撃が強く、購買行動にブレーキがかかる。これは学習された反応だ。ところが高価な服ばかり買っていると、値段への衝撃が消去されて、買い物に歯止めがきかなくなる。あなたも思いあたるのでは？

脳内に定着したそんな思いこみや学習をはずし、等身大の感覚を取りもどすにはどうすればいい？　まずは「彼女ができるなら私だって」から。これは自分にこう問いかければいい。

・彼女が着てるからって、どうして私も持つ必要があるの？
・その服、ほんとに好き？
・その服、ほんとに必要？
・手持ちのほかの服と合わせられる？

どれかひとつでも答えるのをためらったら、買うのはやめよう。

実を言うと、ワードローブに加えるべきではない服を買おうとするときは、心より先に身体が反応している。手がじっとり汗ばみ、心臓がドキドキして、額にも汗がにじむ。クレジットカードを出すときは奥歯をかみしめ、つくり笑いを浮かべているだろう。そんな自分に気づいたら？ 悪いことは言わないから、やめときなさい。

自分への問いかけはまだ終わらない。この服がほしいのは、これを着ている彼女への執着や嫉妬があって、彼女みたいな人生を送りたいからじゃないの？ もし彼女が着ていなかったら、この服を買おうと思った？ 答えに詰まったら、買っちゃだめ。誰かが持っているからという理由で手に入れた服は、買ったとたんに気持ちがさめる。

高い値札になれっこになって、すでにお財布がヤバい状況になっていたら？ 買い物はひとりで行かないこと。まっとうな感覚で値段を評価できる人についてきてもらおう。私も高級店で働いていて、一枚五〇〇ドルのTシャツ、一本一〇〇〇ドルのジーンズを売っていたときは、金銭感覚がおかしかった。そんなとき、Tシャツは二〇ドルまで、ジーンズだってせいぜい五〇ドルまでしか出さない友人とショッピングに行ってバランスを取りもどした経験がある。

低価格のショップ、大幅割引の店をあえてのぞくのもいい。高級店と大差ない品質のものが、手ごろな値段で買えることを実感できるはず。

原価感覚を養うこともお勧めしたい。たとえば、シンプルな綿Tシャツは製造コストも安いので、小売価格はせいぜい一〇～二〇ドルもあれば充分。それ以上のお金を出すのはばかげている。

## ❀ブランドロゴよ、さようなら

正直に言う。いいものはいい。ときにはそれが高級ブランドだったりする。私は好きだと思ったものだけを買う主義で、ブランドロゴのあるなしは二の次だ。とはいえ、ほかのブランドなら買わない服も、このデザイナーのこのロゴだから買っちゃったということはある。ファッション感覚がどんなに研ぎすまされた人でも、ブランド信仰に陥ることはある。

ブランド好きの自覚がある人は、自分にこんな質問をしてみよう。

・なぜこの服が好きなの？　色、カッティング、機能性、模様？
・この服がちがうブランドだったり、ロゴがどこにもなかったりしたら、それでも買った？
・この服はブランドにふさわしい品質？　それとも名前だけ高級な二級品？

こんな視点から考えてみると、「ロゴがほしくて買う」のか「この服がほしくて買う」のか見えてくるはず。

## ブランド信仰から抜けだすためのヒント

自分に足りないものを補うためにブランドを利用しているとすれば、ロゴ好きは問題の根が深い。ただ、そんな風にブランドを利用したところで、空白は埋まらない。買った直後は幸福の絶頂かもしれないが、すぐにお金の現実が追いかけてくる。お金だけならまだしも、気分も激しく落ちこむだろう。外見を飾りたてて内面を持ちあげようとがんばっても、いつかは挫折する。

私たちはお隣さんや友人に勝手に対抗意識を燃やし、虚像のライフスタイルを自慢したいがために無理な買い物をしている。昔はお金がなければ買わない、それだけだった。いまは後払いで品物がすぐ手に入る。でもそのせいで赤字はふくれあがり、ますます首がまわらなくなっている。

メアリーのように「空白を埋める」ためにブランドを買っているあなたは、ブランドロゴという飾りを取りはらい、自分の正味の価値に目を向けるべきだ。

**自分はどんな人間なのか**

自分を客観的に見るのは難しい。地球に降りたったエイリアンがあなたに遭遇したとしよう。あなたの外見、精神、感情を観察し、データを集めたエイリアンは、果たしてあなたのことをどう表現するだろう？

おしゃれをばっちり決めたつもりなのに、その場の雰囲気から完全に浮いてしまった経験はないだろうか。最初は「今日の私、イケてる!」と思っていたのに、誰かにくすりと鼻で笑われたり、にやにやされたりして、急にいたたまれなくなったことは? 持ちものや着る服で他人を値踏みして、自分より上か下か決めつける人間はどこにでもいる。そういう人は、自ら抱える不安を相手に投影しているのだ。でも、あなたが自分をしっかりわかっていれば、そんな人間のごきげんをうかがったり、反応に振りまわされずにすむ。

自分を大きく立派に見せるために、ものを持つことに必死になっている人は、自分が誰かという感覚を失っている。思いあたる人は、仕事も車も、家も一度はぎとってみるといい。残ったありのままの自分を吟味して、その価値を発見するのだ。もちろん、いいものはいい。でもそれが自分をよく見せるための手段になったら、逆効果でしかない。自分が誰なのかわかっている人は、エルメスのバーキンやグッチのドレスを自分の価値のものさしにしない。ターゲットのトップスにオールド・ネイビーの短パン、ウォルマートの靴という服装でも、デザイナーズブランドで着飾った人たちに少しも臆する必要はない。

## 自分は何が好きなのか

他人の意見がひっきりなしに降ってくるいまの社会では、自分の本音を出すことは難しくなるいっぽうだ。Xというデザイナーの最新コレクションが創造的で、未来のファッションを先どりしているとみんな絶賛するけれど、ほんとにそう思う？

成功と贅沢。ブランドでもファッションでも、この二つをイメージできれば「当たり」ということになる。いまは「当たり」だけを追いかける風潮があるけれど、それを選択基準にするとほしくもない服を買うことになる。

ハンス・クリスチャン・アンデルセンの童話に「裸の王様」がある。バカには見えないという新しい衣装を王様が身につけて、お披露目を行なう。王様も家臣も、そして臣民たちも、衣装なんてないことに気づいているけれど、見えているふりをする。でもとうとう、ひとりの子どもが叫んだ。「王様は裸だ！」

さて、あなたは家臣と子どものどっち？　群れのなかでみんなに追随する、それとも自分だけの意見を堂々と口にする？　ほんとうに気にいったものだけ買う、それともなんとなく流されて買ってしまう？　あなたは自分の好きなものを知っていて、自分が何を着ればいいか知っている？

## 自分のストーリーは何か

私たちの毎日は、過去の後悔と現在のストレスにまみれていて、未来への希望に思いをはせる時間がほとんどない。でも未来のストーリーは自分で描けると私は強く信じている。もちろん病気や人間関係の行きづまり、経済的な苦境といった困難はあるだろう。それでも私という船の船長は私しかいない。

自分を立派に見せたくて、デザイナーズブランドにしがみつく愚かさを脱却できない人は、自分だけのストーリーづくりにエネルギーを振りむけよう。そうすれば服装はあとからついてくる。自分を好きになりたいなら、人生の明確な目標を定めて、その実現に向けて努力することだ。そこから自尊心が芽ばえてくる。目標は達成できないかもしれないけれど、途中でのがんばり、挑戦、熟慮、成長、方向転換など、すべての経験があなたの価値を高めてくれる。

## 歩きだす

自分がどんな人間なのかわかった。自分が好きなものも、自分のストーリーも見えてきた……ここまで来たら、もうぐずぐずすることはない。応援がないと心細い？　あいにくみんなそれぞれの問題を抱えていて忙しい。あとは自分ひとりの力でどうぞ。やる気が出てこないのは、動きだしていないからだ。セルフヘルプの本はもう閉じて、「明日からがんばる」という言い訳も封印して、自分だけの未来に向かって歩きだそう。

自分を立派に見せようとして服やアクセサリーに頼っていると、未来はぼやけていくばかり。自分があやふやなときに何を買っても自信なんてつかない。それどころかますます買い物に逃げこむことになる。そんな罠にはまってはだめ。必要とあれば、ショッピング断ちをすればいいし、ブランドの服を押入れの奥にしまいこめばいい。よその誰かがデザインした服は、自分を率直に受けいれることができてから袖を通そう。

## ブランドだらけのワードローブを改造する

### 1. これ以上ロゴを増やさない

ロゴがめだつ服ばかりだと、コーディネートもままならない。まずは自分に「ロゴ制限」をかけること。ショッピングでデザイナーズブランドの服を選ぶのはかまわないけれど、ロゴのないものにする。

### 2. ロゴを追放する

これはなかなかつらい作業だ。クローゼットから、ロゴがばっちり入っている服をすべてひっぱりだして、ベッドや床に並べる。もしこれらの服にロゴが入っていなかったら？　あるいは好きじゃないデザイナーの服だったら？　そんなのいらないわと思ったら、売るか捨てるかしよう！

### 3. コーディネートの練りなおし

これで手元には、ほんとうに好きなロゴの服だけが残った。問題はコーディネートだ。組みあわせを誤ると、着こなしだけでなく着る人の印象までだいなしになる。まず、一度に二種類以上のロゴを使うのはナシ。同じロゴを二つ以上使うのもナシ。セーター、靴、バッグなど、ロゴ入りのものを一点決めたら、あとはダーク系ジーンズ、ニットワンピース、コクーンのトップスなどシンプルであっさりしたアイテムと合わせる。冒険を辞さない覚悟があれば、同系色もしくはコントラストのはっきりした色で、フローラルやストライプ、プリント模様とぶつけてみよう。自信がなければ、センスのある友人やショップの店員に相談するといい。

### 4. 写真に撮る

カメラはうそをつかない。できあがったコーディネートを写真に撮れば、良い悪いは一目瞭然だ。写真を見ながら、全体のバランスやフィット感、色の効果などをチェック。写真は撮影してすぐは見ない。一週間ほど寝かせてからのほうが、客観的な目で確認できる。

コーディネートが輝きを放つのは、ベストバージョンの自分を基準にしたときだ。太っちゃってとか、おばさんになったと嘆く自分、ロゴやデザイナーズブランドで評価を上げようとしている自分ではだめ。ベストの私を思いだして、それを服装で表現していくのだ。「その服、誰のデザイン?」と聞かれたら、胸を張って「私よ!」と答えよう。

# エピローグ
# お楽しみはこれから

ワードローブ改造の旅もこれで終わり。いまのあなたのクローゼットには、服や靴、アクセサリー以上のものが詰まっているはずだ。それはあなた自身のストーリー。ささやかな空間のなかに、あなたが歩んできた道とこれから進む道があり、いまのあなたがいる。

人生をもっと良いものにするためには、何かを変える必要がある。クローゼットの中身のような小さなことでも、時間と労力をかけて変えていけば、ほかの部分も良くなっていくもの。私たちはもっと自分のことに目を向けていい。ワードローブはもちろん、心や身体にも。

ミュージカル〈メイム〉の主人公は、人生を目いっぱい楽しむ豪気な女性。「人生は宴会よ。参加できないバカは、ごちそうにありつけないで死んでいくの。だから生きなさい！」お腹をすかせて、テーブルのまわりをうろうろする人間になっちゃいけない。ごちそうに手を伸ばし、思うぞんぶん食べつくすのだ――おっと、服装だけは失礼のないように！

## 自分でできる
## ワードローブ改造講座

この本では、ワードローブと人生をもっとすてきなものにするために、さまざまなケーススタディやテクニック、行動のヒントを紹介してきた。実際のセラピーとなると心理学の知識と訓練が必要だが、ここでは私が実践しているインサイドアウト法を簡略化して、五つのステップで挑戦できるように解説していこう。実行にあたっては、友人やサポートグループの協力を得るのも良いアイデアだ。

ワードローブの分析・改造のためのインサイドアウト法は、大きく五つのステップに分かれる。

1. 観察
2. 処方
3. 実行
4. 検分

## 5. 展望

### 1. いま自分は何を持っているのか、なぜそれを持っているのか

クローゼットにあるものを、ひとつ残らずじっくり観察する。ファッションの傾向はあるだろうか。微妙に身体にフィットしないとか、年代からはずれた服が多かったりする？　もうぜったい着ない服、流行からはずれて着られない服はある？

持っている服のパターンが見えてきたら、そこにどんな心理的理由があるのか考える。身体イメージ、老いへの恐怖、発達停止、過去への執着、型にはまりすぎた生活、人生への満たされない思いといったものが背景にあるはず。服を一着ずつ眺めて、自分に湧きおこる感情にも注目しよう。

### 2. 望ましいワードローブ、望ましい人生

最初にやることは、人生の目標設定だ。自分はどんな人間になって、どこに向かうのか。どんなことを達成したいのか。いまの生活のどこを変えたいのか。どうすれば、充実した人生だと胸を張って断言できるだろう？

そしていよいよ処方箋をつくっていこう。いまのワードローブは、自分が望むライフ

スタイルにぴったり合っているだろうか。スタイルブックにヒントが隠されているかもしれない。体型や色の好み、生活習慣、経済力も考えあわせて、自分のファッションの要となる服、いまのワードローブに足りないアイテムも見つけよう。

**3．捨てるもの、残しておくもの、買ってくるものを決める**

準備が整ったら、いよいよワードローブ改造を始めよう。ここからは、難しいけれどやりがいのあるプロセスだ。ワードローブだけでなく人生全体について、いまの場所から、めざすところに進むまでの隙間を埋めていく作業でもある。すでに見てきたように、ワードローブと人生は密接に結びついているのだ。必要性を痛感して、そのためのプランを立てないことには、変化は起こせない。そのためにも、「なぜ自分は変わらなくてはならないのか」をとことん考えぬくことが大切だ。

**4．いま起きていることを検分する**

クローゼットの中身を全部広げて、新しいプランを立てて実行に移す。最初は気分爽快にちがいない。でも翌日、あるいは一週間たつと心境が変わってくるはず。大きな変化に圧倒され、おびえて、疲れてしまうのだ。ワードローブと人生の改造には経過観察が欠かせない。

私はクライアントとのセッションのたびに、こんな質問をする。ワードローブ改造の前、途中、あとで気持ちはどう変わった？　すんなり受けいれられたこと、反対に抵抗を感じることは？　新しい服装はどう？　周囲の反応は？　それに対してあなたはどう返した？　自分自身の変化についてはどう思う？

ワードローブ改造を実行してから一、二週間後、これらの質問をふたたび自分に投げかけてみる。おそらく最初とは答えがちがってくるはずだ。私が担当したクライアントの大半は、変化した状況になじみ、「心が軽く」なったと感じた。

**5. その先は？**

最終ステップとして、クローゼットにさらに加えるべきアイテムを決めていく。これは未来のライフプランを描くことでもある。長期・短期の目標を設定して、それを実現していくための具体的な道筋を考える。念のため、不測の事態が起きたときの緊急プランも用意しておくといい。

# ワードローブ分析まとめ

1. **観察――いま自分は何を持っているのか、なぜそれを持っているのか**

**[外面]**

・クローゼットの中身をじっくり観察する。
・自分の服装のパターンを見つける。

**[内面]**

・いまのようなワードローブになった理由を探る。
・いまのワードローブが自分にどんな感情を呼びおこすか注目する。

2. **処方――望ましいワードローブ、望ましい人生**

**[外面]**

・望ましい人生にぴったりの理想的なファッションを描く。
・自分の体型を知る。
・自分の色の好みを知る。

・自分のライフスタイルを知る。
・自分の経済状況を知る。
［内面］
・いま自分は人生のなかでどんな位置にいる？
・これからどこに向かっていきたい？

3．実行——捨てるもの、買うもの、残しておくものを決める

［外面］
・クローゼットの中身を全部出す。
・いまのワードローブに足りないものをあぶりだす。
・足りないものを手に入れて、ワードローブの空白を埋める。
［内面］
・どうすればライフスタイルの方向転換がやりやすくなるか考える。
・目標達成に向けた行動プランを実行に移す。

4．検分——いま何が起きている？

【外面】

・ワードローブの変化を確認する。

・外面的なアイデンティティの変化を観察する。

【内面】

・外面の変化に対する自分の感情に注目する。

・内面の変化を進めていく。

## 5. 展望――その先は？

【外面】

・いま買うべきアイテムは？

・将来買ったほうがいいアイテムは？

【内面】

・将来の目標は？

・目標達成の障害になりそうな内面的な要素は？

・その要素を取りのぞくための対策は？

## ワードローブ分析のサンプル

Aさんは三〇代。若いころ大病をして経済的にも厳しいが、これから大学で勉強しなおす予定。

**観察――いま自分は何を持っているのか、なぜそれを持っているのか**

Aさんは服薬の影響で体重が大幅に増えてしまったこともあり、クローゼットはゆったりサイズの服ばかり。スウェットやTシャツなどのカジュアルな服と作業着が中心だ。本人は大きい胸をとくに気にしている。

しかも服は質の悪い安物ばかり。医療費や学費がかさんで、経済的に苦しいのだ。病気のせいで外見がめだつことを強く意識しており、注目を集めたくないのでよれよれでうす汚れた服ばかり着ている。

服の組みあわせをうまく考えられず、全身をコーディネートする方法がわからない。服装で失敗したり、めだってしまうことに不安がある。

処方——望ましいワードローブ、望ましい人生

Aさんは学校が始まるまでのあいだ、友人たちと積極的に交流したいと考えている。学校では新しい友人ができるだろうから、人づきあいの能力を高めたいという希望もある。

病気のせいでめだっても、気にしない自分になりたい。

おとなの女性らしい服装をしたい。クラシックな雰囲気でも「ひねり」の効いたおしゃれがしたい。

着心地がよくて落ちつくけど、だらしなく見えないカジュアルウェアを着たい。

大きい胸をカバーしつつ、女らしい魅力を出せる着こなしをしたい。

実行——捨てるもの、買うもの、残しておくものを決める

Aさんは、他者や自分が発している言葉以外のニュアンスについて理解したり、姿勢のとりかた、視線の合わせかた、歩きかた、自己紹介のしかた、会話につながる質問のしかた、会話の終わらせかたなどを学ぶことにした。

対人能力を上げるための課題を設定した。友人たちを招いてパーティーを開く、週末や長期の休みに大学の友人と集まる企画を立てるなど。

友人たちと連絡をとりやすくするためにSNSを始めた。

他人からじろじろ見られたり、質問されたときのために、自分の病気をどう説明するかロールプレイングで学んだ。

長い目で見てお金を節約するために、高くても質の良い服を買うことにした。

体重が増えたことへの意識を軽くするために、身体のなかでも細い部分を強調して、あとはふんわりと輪郭を包むベビードールシルエットのおしゃれを覚えた。

やわらかくて着心地の良いコットンジャージーの服なら、だらしなく見えないことを学んだ。

ジュエルトーンカラーの服なら、悪めだちせずに華やかさを出せることを学んだ。

上半身を整える矯正下着を購入し、深いVネックのトップスの下に、チラ見せできるかわいいアンダーを着ることにした。

ジュエルトーンカラー、めりはりのあるシルエット、クラシックなラインにギャザーやプリーツでアクセントがついた装いなら「失敗」はないことを学んだ。

クラシックなアイテムにいま風の小物をあしらえば、おとなっぽい着こなしができることを学んだ。

## 検分――いま何が起きている？

### ［見られる恐怖］

自分の身体、たとえば下半身が好きになれないなら（たいていの女性はそうだと思うが）、ウエストとか腕など、好きな場所を強調すればいい。

シルエットのバランスをとる。Aさんは下半身にくらべて上半身のボリュームがあるので、太めのヒールやブーツで重心を下に持っていく。反対に肩幅が狭く、腰幅がある人は、フレンチ袖のシャツや、肩にギャザーの入ったトップス、かっちりしたブレザーでバランスをとるといい。

Aさんは自分の身体に抱く劣等感に向きあい、根拠のあるものと、誤解から生じているものを客観的に分けた。

### ［お金の心配］

Aさんはワードローブをダウングレードして、いまある服はもっとカジュアルな場面で着ることにした。

用途の広い服を選ぶようになった。一枚のトップスでも、昼間なら公園に着ていけて、夜は映画を見に行くときに使えればとても便利。

ドレスアップ、ドレスダウンの小道具としてアクセサリーをそろえた。カラフルなプラスチック製バングルは昼間のおしゃれに遊びごころが出るし、ゴールドやシルバーのバングルは夜のお出かけにぴったりだ。

この先何年も使える質の高いクラシックな服を買って、コスト感覚を身につけた。値段が高くても、着る回数が多ければコストは安くなる。

［大学生活の始まり］

Aさんは対人関係のスキルが高くなるにつれて、人づきあいが多くなり、気分も上向きになった。そんな心境の変化と並行して、服装も変わっていった。

いまのAさんの服装は、自分を大切にしている人という印象を与える。

Aさんは他人の視線を苦にしなくなった。少なくとも、どこかに身を隠したいという衝動は薄れてきた。

充実したワードローブから自由に服を選んで着られることは、ある意味自分へのごほうびでもある。病気との戦いを続けているAさんには、そんなごほうびを受ける資格がある。

## 展望――その先は？

Aさんは人前で話す技術を磨くために、スピーチの講座を受講する予定だ。大学では興味のあるクラブに入り、安心できる環境で新しい友人をつくりたい。自分の趣味や、興味のある分野を深めるだけでなく、そこにほかの人たちも加わってもらう。

スキニージーンズにブーツ、あるいはフラットシューズを組みあわせて、いま風の感覚のあるクラシックな装いに挑戦したい。

手持ちのトップスやブーツ、フラットシューズ、ハイヒールと合う渋い黒のスカートを買って、ドレッシーでおとなの雰囲気を演出したい。

大きな胸をサポートするために、薄めのパッドが入った肌色に近いブラジャーをつける。

帽子、手袋、タイツ、レギンス、バングル、イヤリング、クラッチバッグなどの小物類を積極的にそろえる。

# 謝辞

一度にひとつずつ人生を良くしていこう――そんな勇気を持つ人たちにこの本を捧げる。

困っている人にいつも手を差しのべ、自分のことは後まわしで私にすべてを与えてくれる両親には、娘から尽きせぬ感謝と愛を贈りたい。姉は、私が考えを言葉にするのを助けてくれたし、兄は幸福を追求する勇気を与えてくれた。グラミーは耳が痛いことをさらりと指摘してくれた。そして愛するジョニー。それぞれの夢を追いかけながらおたがいを見守っていられるなんて、私たち二人はとても幸運だ。この本の執筆を支えてくれたロイス家のみんなにもお礼を伝えたい。

友人のリン、ジェニファー、サリー、マイク、ダンバーはいつも私を支え、刺激をくれて、何時間もセラピーにつきあってくれた。レイチェル・シモンズ、シンディ・ルース、ヘザー・ジョーンズは、自分の筆と気持ちひとつで世界を良くしていこうとしている。彼女たちの心意気に押されて、私はこの本を書きあげることができた。マット・ハドソンをはじめとする専門誌『サイコロジー・トゥデイ』の面々は、私の夢の実現のために「ドレスの心理学」という場を与えてくれた。た。フレッチャー・アンド・カンパニーのみんな、なかでもレベッカ・グラディンガーは私をひたすら信じてくれた。そして代理人のルシンダ・ブルーメンフェルドは、私が持てる力を出しきり、掲げた目標を達成するのを助けてくれた。情熱の火が消えないよう、燃料を注いでくれてありがとう！　そして思いきって私に発表の場を与えてくれたケイティ・マクヒューとパーシアス・ブックスのみなさんにもお礼を言いたい。

進むべき道をいつも照らしてくれた神にも感謝を捧げる。

# 訳者あとがき

どうして私のクローゼットは服であふれかえっているんだろう。こんなにたくさん服があるのに、お出かけのたびに「いま着られる服がひとつもない！」と叫んでしまうのはなぜ？　フランス人は服を一〇着しか持たないなんていうけど、それほんとなの？　私なんてTシャツだけで一〇枚以上あるのに！　断捨離だって、片づけの魔法だって試してみたけど、ちっとも捨てられないし、しばらくすれば元のもくあみ。いったいどうすればいいの……その悩み、もしかするとクローゼットだけの話ではないかも。

本書はJennifer Baumgartner著“You Are What You Wear: What Your Clothes Reveal About You”の翻訳である。訳出にあたっては、日本の実情に合わないなどの理由で、読者の参考にならないと思われる章は割愛したので、その点はご了解いただきたい。

著者のジェニファー・バウムガートナーは心理学者。本書にもあるように、おばあさんのクローゼットから昔の服やアクセサリーをひっぱりだしては、昔話を聞くのが大好きな少女だった（訳者も小さいころ、祖母のタンスの小引き出しを開けて、しまいこまれた古いボタンや端切れを眺めていたから、同じような思い出を持つ人は多いはず）。バウムガートナーはおしゃれへの興味が高じて、学生時代のアルバイト先も、アン・テイラーやラルフ・ローレンといった高級ブランド店を選ぶほどだった。そこでの接客体験から、彼女はあることに気づく。それは、服装から読みとれるのはその人の好みやセンスだけではないということだ。

勉強も仕事もがんばってきたのに、どこで歯車がずれたのか、「私の人生、こんなはずではなかった」と嘆いてばかりの人。あるいは年齢を重ねていく現実を受けいれられず、若いころの自分にしがみついている人。そんな人たちは、言ってみれば心に「トゲ」が刺さった状態だ。のどにひっかかった魚の小骨と同じで、生命にかかわるわけじゃないけど、どうにもすっきりしない。ひょっとすると本人も気づいていない、そんな心の「トゲ」が、クローゼットの中身や服装のコーディネートを見るだけで、手にとるようにわかってしまう。

もしそうなら、クローゼットを整理し、服の買いかたや選びかたを変えることで、「トゲ」を抜くことができるのでは？　そう考えたバウムガートナーは、アメリカン・スクール・オブ・プロフェッショナル・サイコロジーで心理学を本格的に学び、博士号を取得する。在学中からすでに、家族や友人のクローゼットのお悩みにアドバイスを提供して喜ばれていたという。「服装の心理学」という独自の切り口を確立した彼女は、インサイドアウトと名づけたコンサルタントビジネスを展開するとともに、『コスモポリタン』『スタイリスト』といったメディアに寄稿するようになった。この本が世に出るきっかけになったのも、『サイコロジー・トゥデイ』に連載していたブログ〈ドレスの心理学〉だった。

バウムガートナーは、助けを必要とするクライアントの家を訪ね、まずクローゼットの中身を残らず出して部屋に広げさせる。そして、そこからどんな傾向が見てとれるか、なぜそうなったのかじっくり話を聞く。日記をつける宿題を出して、どんなときに服を衝動買いしたくなったか記録してもらう。こうした手法は、心理学の認知行動療法を応用したものだ。

認知とは、自分の置かれた状況に対する主観的な判断のこと。病気や強いストレスでこの認知にゆがみが生じると、気持ちが落ちこんだり、不安が高まったりして、現実からかけ離れたおかしな考えで頭がいっぱいになる。それがまた、落ちこみや不安にいっそう拍車をかけるのだ。

そんな悪循環を断ちきるために、自分がはまりやすい行動や思考のパターンを切りだし、ゆがみを認識させて、バランスを取りもどすのが認知行動療法だ。バウムガートナーの助けを求める人たちは、クローゼットを片づけたい、もっとあか抜けた格好をしたいといった「外面《アウトサイド》」の解決策を求めてやってくる。けれども、いつも同じような服ばかり着るとか、ブランド買いがやめられないといった行動パターンには、かならず引き金となる「心のトゲ」がある。トゲが刺さった「内面《インサイド》」を何とかしないことには、いくら服を処分しても悪循環は終わらない。

たかが服の話で、大げさすぎる? それにいまはAIが進歩して、服から靴、アクセサリーまでばっちり決まった「あなただけの」コーディネートを宅配してくれるサービスだってある。それを使えば、クローゼットはすっきりするし、ちぐはぐな服装で笑われることもない。だけど与えられる服を何も考えずに着るのでは、プライベートでも白衣で過ごす医師と同じ。そのうちAIのほうから、「内面に問題あり」なんて心理分析されそうだ。自分らしく、心地よい装いを知っている「おしゃれ達人」は、むだな買い物をしない。この本を通じて、そんな達人がひとりでも増えることを願っている。

2018年6月

藤井留美

## 参考文献

［第一章］　＊１　ブライアン・ワンシンク、中井京子訳（２００７）
『そのひとクチがブタのもと』集英社

［第三章］　＊２　アルバート・バンデュラ、原野広太郎監訳（１９７９）
『社会的学習理論――人間理解と教育の基礎』金子書房

［第五章］　＊３　ニーナ・ガルシア、長谷川安曇訳（２０１２）
『ワンハンドレッド きれいな女性が持っているおしゃれアイテム１００』宝島社

著者略歴――――
ジェニファー・バウムガートナー Jennifer Baumgartner
気分障害、不安障害、物質関連障害、摂食障害を専門とする臨床心理学者。研究テーマは運動、栄養、心理的健康と多岐にわたる。多くの患者に接した経験から「服装の心理学」という画期的なアプローチを考案し、実践している。ワードローブ診断で、服装の選び方を左右する心理的な原因をあぶりだし、自己の内面を掘りさげることで、ファッションのみならず生き方まで変えていくこの試みは、服装に悩む多くの人に救いをもたらしている。

訳者略歴――――
藤井留美 ふじい・るみ
翻訳家。訳書にアニル・アナンサスワーミー『私はすでに死んでいる』（紀伊國屋書店）、エイミー・パーディ他『義足でダンス』（辰巳出版）、アネット・アンチャイルド『女友だちは自分を映す鏡です』（講談社）、アラン・ピーズ＋バーバラ・ピーズ『話を聞かない男、地図が読めない女』（主婦の友社）ほか多数。

私を美しく変える
クロゼットのつくり方
2018©Soshisha

2018年9月25日　第1刷発行

著　者　ジェニファー・バウムガートナー
訳　者　藤井留美
装幀者　アルビレオ
発行者　藤田　博
発行所　株式会社 草思社
〒160-0022　東京都新宿区新宿1-10-1
電話　営業 03(4580)7676　編集 03(4580)7680

本文組版　横川浩之
印刷所　中央精版印刷株式会社
製本所　株式会社坂田製本

ISBN978-4-7942-2351-7 Printed in Japan　検印省略

造本には十分注意しておりますが、万一、乱丁、落丁、印刷不良などがございましたら、ご面倒ですが、小社営業部宛にお送りください。送料小社負担にてお取替えさせていただきます。

草思社刊

小さな家のつくり方
女性建築家が考えた66の空間アイデア
大塚泰子 著
毎日を素敵に暮らせる小さな家をつくろう！　すっきり片付くキッチン、明るい玄関と階段、広々リビングにテラス…新築にもリフォームにも役立つ知恵と工夫が満載。
本体 1,500円

氣内臓《チネイザン》　お腹をもむと人生がまわりだす
心と体の詰まりをとるデトックスマッサージ
Yuki 著
お腹の詰まりが不調の原因だった。内臓をもみほぐすことで、お腹にたまった老廃物と負の感情を浄化する。古代道教に伝わる究極のデトックスマッサージ。
本体 1,300円

マインドセット
「やればできる！」の研究
ドゥエック 著
今西康子 訳
成功と失敗、勝ち負けは、マインドセットで決まる。20年以上の膨大な調査から生まれた「成功心理学」の名著。スタンフォード大学発、世界的ベストセラー完全版！
本体 1,700円

君がここにいるということ
小児科医と子どもたちの18の物語
緒方高司 著
小児科医の著者が、過酷な医療現場で出会った子どもたちとの交流を描く実話。懸命に病と闘う子どもたちの姿を通して、生きることの大切さにあらためて気づかされる。
本体 1,300円

＊定価は本体価格に消費税を加えた金額になります。